自分が嫌いなまま生きていってもいいですか？

横川良明

Yoshiaki Yokogawa

講談社

自分が嫌いなまま生きていってもいいですか？

はじめに

「横川さんって、なんでそんなに自虐が多いんですか」

ある日、年下の女性にそう言われた。なんとなくいつかこういう日が来ることは覚悟していた。「自己肯定感」なんて言葉が世に溢れ、「もっと自分を愛そう」というポジティブなメッセージがしきりに発信されるこのご時世。今や自虐は、おっさんのダジャレくらいサムいものと見なされつつある。

ちょっと前までは逆だった。芸人のヒロシは自虐ネタで一世を風靡し、女芸人たちは「ブス」で「モテない」ことが売りだった。しかし今やヒロシはキャンパーだし、自ら容姿イジリを封印する芸人も出てきた。何気ない雑談の場でも、迂闊《うかつ》に「もうオバさん（オジさん）なんで……」と言おうものなら、「そうやってオバさん（オジさん）を卑下することは、同じ属性の人たちの立場も貶《おとし》めることになる」と矢が飛んでくる時代。角を立てずに笑いをとり、コミュニケーションを円滑に進める緩和剤だったはずの自虐は、今となっては周囲をモヤつかせイラつかせる大罪となってしまったのだ。

この流れ自体にはもちろん大いに賛同したい。自虐は、自分で自分に呪いをかけるようなもの。「オバさん（オジさん）」ネタひとつとっても、過度に老いを強調することで余計に自分の心まで老いていくし、年齢という足枷を自分にはめて可能性を制限することにもなる。そんな悪しき負の習慣は、自分たちの代で終わらせたいという気持ちはめちゃくちゃわかる。なにより自虐は聞かされている周りにストレスを与える行為。どうリアクションをしていいかわからないし、わざわざ「そんなことないですよ〜」とおべんちゃらを言わなきゃいけないのも面倒くさい。

自虐ネタが成立していた頃って、自分より下の人間がいることに人は安心していたんだと思う。だから、笑えた。でも今は多くの人が、他人をバカにするようなことは良くないとわかっているし、なるべく正しい人間でありたいと願っている。自虐ネタを笑うことは、人の欠点やコンプレックスをこきおろす行為に自らも加担したことになる。それが嫌だから、今、多くの人はノーモア自虐の旗を掲げているのだろう。そんな世のムーブメントも心から応援したい。

しかし、同時にこうも思うのだ。自虐ぐらい好きにさせてくれよ〜、と。
なにかと価値観のアップデートが求められる昨今。他者を傷つけるような発言や行動はできる限りしたくないという気持ちは僕も人並みには持っている。でも、正しさばかりが求められ、他人に迷惑をかけたり不快にさせることをしただけで、まるで人間失格と言わんばかりに火炎瓶が投げつけられる現代社会に息苦しさを感じているのもまた事実。

自虐もそうで。結局自虐をしちゃいけない理由は、そうやって自分を笑うことで、知らぬ間に自分自身を傷つけているというのもあるだろうけど、それ以上に聞いてるこっちが不快だからやめてほしいという声の方が圧倒的に強い。それが、世の中が提唱する正しそうなルートへ無理やり案内されているみたいで、たまにものすごくしんどくなるのだ。

おはようの挨拶よりも自虐の方が軽やかに口から飛び出てくるナチュラルボーン自虐族の僕としては、正直、自虐を言ったところで「そんなことないですよ〜」と言われたいわけでもなんでもないし、自ら欠点を口にするのは、「自分のダメなところくらい自分でわかっているので、わざわざあなたが言わなくてもいい」と先手を打つための自衛手段でもある。基本的にはほっといてくれたらそれでいい。

そもそも僕は過度に自虐に走っているというより、思ったことを素直にそのまま口にしているだけ。たとえば冒頭の年下女性との会話を例に挙げてみると、確かそのときの話題はオタク談義。推しからの認知に対して「僕が推しの目に映るなんて、推しの黒真珠のような瞳にヘドロをぶっかけるようなもの」などと口走ったら、ものすごく冷静に「なんでそんなに自虐が多いんですか」と問われました。やめて、そんな曇りのない目で僕を見るのは。

でも現実問題として僕は推しに比べれば自分なんてヘドロのようなものだと思っている。その気持ちを偽って「推しぴにファンサされた♪」と喜ぶのもなんか違う。推しが野原を覆う大輪のバラなら、僕はウエストを覆う大変な三段腹。推しが夜空にまたたくアルタイルなら、僕は便所のタイル。もうね、こういうフレーズなら延々と言ってられる。ある意味、めちゃくちゃ自分らしくもある。しかし、その自分らしさに今、令和の世がNOと言っているのだ。

この時代と寝違えた感じのおおもとを辿っていくと、結局のところ、この数年この国全体に百花繚乱と咲き誇る「もっと自分を愛そう」キャンペーンに原因がある気がする。はっきり言うと、この「もっと自分を愛そう」キャンペーン、僕にとってはだいぶ居心地が悪い。

こちとら自分という人間と付き合って40年。自分を愛そうと言われて愛せるものなら、とっくの昔に愛してる。それができないからこうもこじらせまくっているわけで。ようやく開き直って自分のことは嫌いなままでもいいかという境地に辿り着こうとしているのに、その歩みを押し戻すような世の流れ。さんざん手の込んだ料理をつくって、さあ食べようかというタイミングで炊飯器のスイッチを押すのを忘れていたことに気づいたときと同じくらいのガックリ感がある。

自分を愛せている方が、正しそうなことは百も承知。実際、自己肯定感の高い人ってめちゃくちゃポジティブだし生命力に満ちあふれている。でも、むしろ僕はそういう人と一緒にいると自分のエネルギーを吸い取られているような疲弊感を覚えるタイプ。陽気な人になりたいかと言われると、「いや、別に……」というのが正直な気持ちだったりする。いや、本当、どのツラ下げて言ってるんだって話なんですけど。

一方で、いい年こいて「自分が嫌いです」って言ってるのもダサいなあという自覚もあるにはある。周りからすると気を遣うし、コミュニケーションコストがかかりすぎる。「繊細」とか「卑屈」が「感受性豊か」とか「視点が独特」と言い換えてもらえるのはせいぜい20代前半まで。それ以降は、「繊細」や「卑屈」なんてなんの評価にもならず、圧倒的に「明るい」「素直」が勝ちなのだ。

そんなこともよくわかっているからこそ、自分の身の置き方というものにずっと困っている。本屋に行けば「自己肯定感」に関する書籍がズラリと並び、「Twitterを開けば「自分を愛する10の方法」をまとめた胡散くさそうなキラキラツイートがやたらとバズっている。もはや女性誌はネタに困るたびに「ご自愛」に関する特集をしているレベル。もうみんな自分を好きになりたくて必死だ。でも、その圧がさらに僕を社会の隅っこへと追いやっていく。

ちなみにこういう話を自己肯定感の高い人にすると、「そうやって卑下してる自分が好きなんでしょう？」みたいな結論になりがちなので、本当に人類はわかり合えない生き物だと思った。そんなわかりやすい話じゃねえんだよ！　これが『ハイロー』の世界だったら、今すぐ決闘になってっからな！

この本は、自分のことがちっとも好きになれない僕が、「自分を愛そう」というムードが異常に強いこの時代を生きる中で感じたことや考えたことをまとめたエッセイです。特にこれを読んだところで人生が劇的に変わったみたいなことは起きませんが（自虐）、きっと同じように自分が嫌いだな〜と思いながら日々過ごしている方が読んだら、そこそこ共感していただけると思いますし、自分のことを嫌いという感覚が全然わからへんという方が読んだら、教室のはじっこの方にいた卑屈なぼっちの挙動不審な態度の裏側にはこんな心理があったんだ〜という、人生の役に立つのか立たないのかわからない再発見をしていただける気がします。

なにより、生きるのがちょっとだけ楽になれるといいなと思っています。「もっと自分を愛そう」という時代の空気に限らず、さまざまな同調圧力が存在するのが僕たちの日常。見えない圧に押し潰されそうになりながら、それでも自分の尊厳を守り抜いていくにはどうすればいいのか、いつも必死に闘っている。そんなてんてこ舞いの日々の中で見つけた僕なりの答えが、あなたの人生をほんの少しでも軽くできたらうれしいです。

それでは、この問いとともに「自分を好きになること」をめぐる長い長い模索の物語を始めたいと思います。

自分が嫌いなまま生きていってもいいですか？

もくじ

第2章　僕が自分を嫌いになった理由

第３章
進め！
自分好き人間への道

第４章
自分が嫌いなまま
生きていってもいいですか

イラストレーション　millitsuka
ブックデザイン　鈴木成一デザイン室

第1章

自分嫌い人間の厄介な日々

自撮りが苦手

自分嫌いな人間というのは、往々にして面倒くさい。わざわざ引っかからなくてもいい石にいちいち丁寧につまずき、傷を負ったり足を挫いたりしている。はたから見ると、「なぜそうなる……?!」と思うような支離滅裂なことも、実は自分嫌いな人間にしか通用しないロジックにのっとって実行されているものだったりするから、余計に厄介なのだ。

なので、まずは自己紹介も兼ねて、自分嫌いな人間が何気ない日々の中でどんなことに煩悶しているかを語ってみたいと思う。ここから始まる七転八倒は大半がくだらないものばかりだ。どうか遠慮なく「くっだらね〜」と笑い飛ばしてほしい。

とにかく写真が苦手である。携帯電話にカメラがつき、すっかり写真は日常の中でも馴染みの深いものとなった。今やなんということのない場面でもパシャパシャパシャパシャみんな写真を撮っている。

恐ろしい。確か日本で初めてカメラ付き携帯電話を発売したのはJ-PHONEだったと記憶しているけれど、つくづく余計なことをしてくれたと思っている。何が写メールだ。対抗してドコモがi-shotというサービスを打ち出してきたもののまったく浸透せず、ひっそりとサービス終了したことをみんなは忘れてしまったのか。僕はこういう他人の失敗や落ち度をネチネチ引っ張る性格の悪い人間なので、はっきりと覚えている。任天堂のバーチャルボーイと同じくらい全然定着しなかった。まあ、その写メールも今や死語というか、いまだに「写メして」なんて言うと、それだけでアラフォー以上であることがバレるリトマス試験紙みたいになってしまったけれど。

とにもかくにもカメラ付き携帯電話が普及したことで、多くの人が気軽に写真を撮るようになった。それがスマホへと進化し、SNSが登場したことでさらに加速し、ついには自撮りなどと言って、自分で自分を撮り、その写真をインターネットの大海原へアップする始末。写真が苦手な僕から見ると、もはや微分積分より理解不能の現象である。なぜみんなあんなに無邪気に自分の顔を撮れるのだろうか。

僕は生まれてこのかた自撮りというものをしたことがない。カメラロールの中に自分の顔写真が入っているなんて考えるだけでもおぞましい。時折、スマホで動画を観ているところ画面がブラックアウトすることがあるけど、その瞬間、大写しになる自分のアップを見るたびにスマホを叩き割りたくなる。こんな醜悪な形相を末代まで記録として残そうだなんて、「正気か?!」と自分の肩を揺さぶりたくなる。今の縄文顔とか弥生顔みたいに、2000年後とかに僕の写真が発見されて、当時の人間の顔はこんな感じだったと認定された日には、全人類に申し訳が立たない。どうせ見つかるなら吉沢亮の顔にしてあげてほしい。

だから、SNSで誰かの自撮りを見かけるたびに、もちろん個人の勝手だと重々承知しながらも、堂々とキメ顔をつくれる自己愛の強さに「これが、光の道を歩いてきた人間のオーラ……!」と魔族みたいな気持ちになる。なんなら、そのキメ顔に行き着くまでに、どの角度がいちばん盛れるか研究に研究を重ね、鏡の前で口角の上げ方から目の開き方まで練習に励んできた姿が透けて見えてしまい、自撮りから漏れ出る巨大な自意識にお腹がいっぱいになりそうになるのだ。

しかし、そんなことを言いながら、正確には一度だけ自撮りをしたことがある。あれは、マイナンバーカードをつくるときのこと。便利なもので、今はこういう公的な身分証明書もスマホで簡単に申請できる時代です。しかし、そんな手軽さと引き換えに、自分嫌い人間を苦しめるのが、自撮り。マイナンバーカードに掲載される顔写真を自分のスマホで撮って送らなければいけないのである。

自撮り、だと……？

スマホを持つ手がにわかに震え出す。え？　撮るの？　自分で、自分の顔を……？これまで必死に避けてきた自撮りをする人生と、まさかの公的手続きで遭遇するルート。似顔絵とかじゃダメ……？

恐る恐るカメラアプリを立ち上げてはみたものの、自撮りモードに切り替えた瞬間、画面いっぱいに現れる自分の顔に発狂しそう。何この人、どんだけ生気のない目してるん。目の周りの筋肉が衰えてきて、完全に目が垂れくぼんでいる。毛穴のブツブツもひどい。いちご鼻にみかん肌でもはや果樹園。勝手に顔面が秋の大収穫祭になってる。というか、いつの間にか顔めっちゃ長くなってない？　これはもうゾウリムシで画像検索したら僕の顔が出てきてもGoogleに異議は申し立てられへんわ。と、ありとあらゆる罵詈雑言が自分の顔に向かって火を噴いた。

しかし、文句を言っていてもことは進まない。なんとか自撮りをすませてマイナンバーカードを申請しなければならないのだ。僕は目の前に映る自分の顔を必死で見ないふりをして、ぎこちなく表情をつくる。

だが、所詮僕も人の子。どうしたって写りが気になってしょうがない。もうちょっと顎は上げた方がいいかしら。それとも下げた方が小顔に見えるかしらと、獅子舞のように顎をカクカクさせる。すっかり瞼が垂れ下がった目を少しでもパッチリに見せようと、きゅっと目に力を入れる。すると、やたら瞳孔が開いてしまって完全に顔面が犯罪者予備軍。もう顔の狂気がすごい。口角を持ち上げようものなら、自分を千葉雄大と勘違いしている中年男性の出来上がりで、今すぐ東尋坊から身投げしたい。

普段から撮り慣れていないものだから、こういうとき、どうやったら多少見映えがよく撮れるのか見当もつかない。もはや付け足す焼き刃もないレベル。あれだけ自撮りをする人たちのことを冷ややかな目で見てきたけれど、むしろあれは各々の努力と創意工夫の結晶であったのだと周回遅れで尊敬の念すら湧いてきた。

写真なんて……と斜に構えるなら、自撮りをするときも写りなんてどうでもいいですけどねと無頼派を気取ればいいのに、結局みみっちく写りに一喜一憂する体たらく。だったら最初から「自撮りで盛れるコツ10選」みたいなネット記事をいそいそ読んで勉強すればいいのだ。でも、そんなちょっとでもマシに見られたいという自意識を人に見透かされるのが怖くて、「写真嫌い」という予防線を張って誤魔化し続けている。その果てに出来上がった、下手くそな自撮りのマイナンバーカードが僕の財布の中で眠っている。マイナンバーカードの有効期限はおよそ10年。次の更新は2030年だ。それまでにはたして僕の自撮りスキルは上がっているのか。「自撮り　コツ」で検索しそうになる自分を今日も必死で押し殺している。

本人不在のカメラロール

とにかく写真が苦手である。「ん？　その話はついさっき読んだぞ」と思った方は、決して誤植でも乱丁でもないので、どうか安心してこのまま読み進めてほしい。

自分のことを撮るのは言い尽くした通り身の毛がよだつレベルで苦手なんだけど、同じくらい人と一緒に写真を撮るのも苦手だ。というか、誰かと一緒に写真を撮るという機会がほとんどない。わりと人と飲みに行くタイプだとは思うし、座もそれなりに盛り上がってはいると信じているんだけど、それでも「ねえねえ。じゃあ、一緒に写真撮ろ？」みたいな雰囲気にならない。

というか、その思考にならない。よくSNSで「今日は10年来の友人と飲み！」とか言ってツーショットを上げている人がいるけど、本当にどのタイミングで「写真撮ろ？」と切り出してるのか教えてほしい。みんなで乾杯しているところをジョッキだけ撮影している人とか、わざわざ乾杯のときだけみんなに止まってもらってるのかと思うと、それを言い出せるメンタルの強さにすげえなと思うし、その提案を受け入れて重いジョッキをガタガタいわせながらストップモーションしている周りの友人の心の広さにも、聖母マリアの再来や……という気持ちになってしまう。たぶん僕なら秒でジョッキを飲み干します。

なぜ一緒に写真が撮れないのかと言うと、その発想に至らないのがリアルなところで、写真ごときに友人との軽快なトークを止められてたまるかという、やんちゃなフォワードみたいな闘争心が原因の8割くらいを占めている。じゃあ残りの2割はなにかと言うと、僕なんかが一緒に写真を撮ろうと言って相手が困らないかという不安と心配である。

ここで考えすぎだろうと思う人はたぶん人種が違う。一緒に食事をするくらいの仲なんだから、別に相手もそんな悪い気はしないだろうと思う人とも、考えているポイントが違う。僕も、さすがに楽しく一緒に酒を飲んでて、「写真はちょっと……」と拒否する権利があるのは、皇室くらいだと思っている。心配しているのは、もう少し後。何日かして、その人がカメラロールをチェックしたときだ。

たとえば、休日の昼下がり。ソファに寝転がりながら気ままにカメラロールをスクロールしていると、ふっと自分と一緒に撮った写真が残っている。そのときに、「あれ？なんでこの人と一緒に撮ったんだっけ……？」というアルコールのほとぼりも冷めて平静に返ったときに生まれる、なんとも言えない気まずさというか恥ずかしさみたいなものを向こうが感じたらと思うと、もう想像するだけで地上4000メートルの高さからパラシュートなしでスカイダイビングしたい。

もっと言おう。そうやってパシャパシャパシャパシャ写真を撮っていると、いつしかストレージの容量がいっぱいになる。そのときにおそらくみなさん不要なデータを細々と削除すると思いますが、データ断捨離をかけていく中で僕との写真に差しかかり、要か不要かを検討した結果、タップひとつで消去される未来のことを想定すると、あまりにもみじめすぎる。こんまり的に言うと、僕はときめかない存在なのねと。それを無意識に再確認させられるのが辛い。

もちろん消すか消さないかは当人の自由。たとえ一緒の写真を消したところで責められる謂《いわ》れもないし、そもそもそんなことはまず僕の知るところにはならないのだけど、次から会うたびにあのときの写真は今もカメラロールにちゃんと残っているだろうかといちいち疑念にかられてしまうので、「ならば最初から形になんて残さなければいい……」と、どっかの漫画に出てくる重めの過去を背負ったクール系キャラが言いそうなことを口走ってしまう。

こんな性格だから、マジで僕は自分の写真が手元に残っていない。あるのはせいぜい大人数で集まったときの集合写真くらいで、ここ20年くらいの変遷がほぼアーカイブされていない。なんなら友達と2人で旅行に行ったときなんて、風景と相手の写真は熱心に撮りまくるけど、向こうから「横川さんも撮ってあげますよ～」と言われても「や！　大丈夫なんで！」と頑なに拒否するので、帰ってカメラロールを眺めても本当にそこに僕が存在したのか確認できない状態になっている。たぶんこれだけ痕跡を残さないのは、指名手配犯と僕くらいじゃないだろうか。

今はそれで特段困ってはいないのだけど、あと10年20年経って、ちょっと昔を懐かしみたくなったとき、どの写真を眺めてもまるで自分を確認できないのはどうなんだろうと疑問に思わなくはない。けれども、そんな未来の寂しさより、今この瞬間のいたたまれなさが先立って、僕のカメラロールには本人不在の思い出写真だけが延々と溜まり続けている。

呼び捨ての関係に憧れる

人生で呼び捨てをされたことがない。

正確に言うと、苗字ならある。ないのは、名前の方だ。「良明」と呼ばれたことが、親を除くと一度もない。正直、ちょっと呼びにくい名前だとは思う。これが「ケンタ」なら、みなさんも気軽に呼んでくださったことでしょう。「リョウ」とか「タケシ」も下の名前で呼びやすい気がする。「良明」というのはどうにも語呂が悪い。

その上、だったら「よっちゃん」とか「よっしー」とか、そういうメジャーなあだ名の方に転換しやすいネーミングでもある。実際、ステディな間柄の人も「良明」と呼ばず「よっちゃん」で落ち着くケースがほとんどだった。たぶん足利義昭も「ヨシアキ」と呼ばれることなく生涯を閉じたと信じたい。「ヨシアキ」は呼び捨てにしにくい名前なのだ。

そう断固として言い張りたいのは、下の名前を呼び捨てし合う関係にほのかな憧れがあるからだ。よくドラマなんかを見ていても、みんな軽率に下の名前で呼び合っている。『若者のすべて』の萩原聖人と木村拓哉は「哲生」と「武志」だったし、『天体観測』の伊藤英明と坂口憲二は「恭一」と「友也」だった。下の名前で呼び合うだけで青春感が増すというか、特別な絆みたいなものがそこにある気がして、つい胸が甘酸っぱくなる。そういう仲間を大きくなったらいつか見つけるんだと僕も無邪気に思い込んでいた。

が、人生40年、待てど暮らせどいまだ呼び捨てをしてくれる人は現れず。僕の「良明」はブルペンで投球練習をしているうちに試合が終わった控え投手のように、来ることのない出番を待ちながら、ひたすら肩を温めている。なんなら大人になってからの付き合いは大抵の人が「横川さん」呼びなので、苗字すら呼び捨てで呼ばれなくなってきた。いいことだと思います、さん付けというのも。敬称略じゃないということは、すなわち相手への敬意を省エネしないということですから。親しき仲にも礼儀あり。敵は本能寺にありです。

ただ一方で、時に女子たちがクズ男に「雑に抱かれたい」と思うように、もうちょっとこう気安くね、下の名前で呼び合ってね、会うなりイェーイって肩パンしたりしてね、1本のライターでタバコをつけ合ったりしてね、そういうキラキラしたホモソーシャルノリを味わってみたい人生だった……と思う日もなくはないわけです。下の名前を呼び捨てにされないということは、つまり自分の築き上げた交友関係が『若者のすべて』の萩原聖人と木村拓哉ほど濃いものではないことの証明みたいで、ちょっとしたコンプレックスになっていた。

なんならもはやあまりにも下の名前で呼ばれなすぎて、たぶん今さら「良明」と呼ばれてもすぐさま反応できない。自分が「良明」であることの自認が極めて薄い。このまま僕は「良明」と呼ばれることのないまま天命をまっとうするのかと思うと、それはそれで親から授かった名前を1ミリも活用できていないことにちょっぴり申し訳ない気持ちすら湧いてくる。

ただ、じゃあ周りにどれくらい下の名前で呼び捨てにされている人がいるのだろうと顧《かえり》みても意外と見当たらない。試しにTwitterで同様の旨をつぶやいてみたら、自分も下の名前で呼び捨てにされたことはないという人がわりとたくさんいた。なーんだ、やっぱりみんな呼ばれたことないんじゃん。下の名前を呼び捨てにするなんてドラマの世界だけで、ほとんど都市伝説みたいなものなんじゃーんと、あれこれ気に病んでいたことがバカらしくなった（余談だけど、ドラマでは名前を名乗るときに「美穂です。鈴木美穂」と下の名前を言ってからフルネームを言うケースがやたら多いんだけど、そんな自己紹介の仕方するやついるか?)。

が、ちょっと浮かれてから、はたと気づいた。この下の名前で呼び捨てにされたことがない問題というのは、とどのつまり自分が他人のことを下の名前で呼び捨てにしないからではないだろうか、と。人間関係は、鏡の法則。自分がにこやかに接すれば、相手も笑顔を返してくるし、自分が不機嫌な態度で振る舞えば、相手も棘のある対応をとる。だから、もし呼び捨てで呼んでもらいたいなら、まずは僕から相手を呼び捨てにすればいいのではないか、と。

そこまで考えて、また思考が止まる。この僕が人様を呼び捨てにするだと……?思い上がりも甚だしい。んなもん、キュイがフリーザを呼び捨てにするくらい失礼千万である。様をつけろ、様を。自己肯定感が低すぎて、自分が人を下の名前で呼ぶことに対してあつかましいという意識が刷り込まれまくっている。

けれどやってみたら、案外さまになるのかもしれない。萩原聖人と木村拓哉になれる道が、まだ残されているかもしれないのだ。試しに20年来の付き合いの友人を今度下の名前で呼んでみたら、どんな顔するだろう。そんな岡村靖幸の曲名みたいなことを考えながら、ひとりこっそり呼び捨ての練習をしてみたりしている。

サインどうしよう問題

ありがたいことに2年前にコラム本を出させてもらった。こんな僕でも出版にあたって多少取材をしていただいたり、イベントを催してもらったりという機会があったのだけど、中でもいちばん困ったのがサイン本だ。担当の編集さんが出来上がった本を山積みにして、「じゃあこれにサインをお願いします」とまるで炊飯器からお米をよそってくださいくらいのノリで言う。

サイン……？　謙遜でもなんでもなく、作家でも有名人でもない僕がサインだなんて考えたこともなかった。そういうのはキラッキラのアイドルとか人気のお笑い芸人とか見目麗しき俳優とか、とにかく選ばれた人間にのみ許された特権的行為で、まさか自分にそのお鉢が回ってこようなど想像だにしなかったのだ。

だから、自分のサインなんてまったく用意もしていなくて、仕方なく1冊1冊楷書で「横川良明」と書いたのだけど、いまだにあのときの正解がわからない。あそこで「わかりました！」っつって、スラスラとサインを書きはじめたら、「え？　コイツ、作家気取りで自分のサインとか考えてたんだ。ププーッ！」みたいに思われそうで嫌だし、実際僕が編集の立場だったらそのなめらかな筆筋を見て「あ、サインの練習とかされてたんですね」とバカにはしないけど若干生温かい目で見るくらいの気持ちにはなる気がする。

そう言えば昔、同業のライターさんがとあるイベントに出ていたとき、イベントの記念にと会場の壁にサインをするよう主催者から求められていた。そのとき、そのライターさんはそれはもう見事なサインを披露していて、年の頃合いもそんなに変わらないような同業者が涼しい顔でサインを用意していたことに対し、すごいなあと拍手をしたくなる気持ちの裏側で、この人、いつかサインを求められたときのためにいそいそ準備していたんだなと下卑た想像をしてしまった。

つまり、僕がなぜこんなにもサインに抵抗があるかというと、大した価値もない僕みたいな人間がちょっと特別っぽいポジションに祭り上げられている感じがまず恥ずかしいのと、そうやって僕なんてそんな立派な人間じゃないんで……という予防線をガッツリ張りながらも、ハリウッドスターみたいな顔してサインを書く準備はちゃっかりしている下心がダダ漏れになっている感じが嫌で嫌でたまらないのだ。

サインとは、ある意味でその人の自我が具現化したものと言える。タレントさんのサインを見ていても、クールなキャラクターの人はやっぱりサインもサラッとしているし、可愛い系で売っている人はサインの一部が動物になっていたりハートがついていたり、ちゃんとキャラクターをわかっている。自分はこう見られたいという意識がサインに如実に表れているのだ。

だから、仮にちゃんとサインを考えようものなら、自意識がラーメン二郎の背脂よりマシマシになっている僕は己の自意識で自家中毒死すると思う。さらりと行書体のようなサインにすれば「普段は絵に描いたような丸字のくせに無理しちゃって……」と脳内の誰かが囁き、筆記体をベースにすれば「英語も喋れないくせにリチャード・ギアにでもなったつもりかよ！」と誰かが腹を抱え、猫ちゃんでもあしらった日には「中年でそれはキツい……」と誰かがそっと僕の肩に手を置くだろう。どの道を選んでも地獄しかない。こんなの、初見の『かまいたちの夜』以来です。

前作の発売から2年。なんとか今日までサインを書かなければいけないシチュエーションを回避して生きてきたけれど、このエッセイが出る頃にはどうなるのだろうか。やはりサインを書かなければいけないときが来るのだろうか。念のためにお伝えしておくとサインをさせていただけること自体は本当にありがたいんです。こんな僕のサインで喜んでくださる人がいるのならば、腕がもげようが、血を吐こうが、何十冊でもサインをし続けようくらいのガッツはある。ただそのガッツを僕の自我が邪魔している。今回も楷書でやり過ごすか。それともいい加減腹を決めてサインをつくるか。結論を出すのが億劫すぎて、もうこのまま本が完成しなければいいのに……とさえ思いはじめている。

逆潔癖症

僕は逆潔癖症である。そんな症状が本当にあるのかどうかよく知らないけど、こう言うしかないので、ひとまずこの呼称でいかせてほしい。要は、他人がさわったのも不潔・不衛生に感じるのがいわゆる潔癖症ならば、僕は逆で、他人のことはなんとも思わないけれど、自分自身に対してものすごく汚いものであるという認識が強い。だから、他人にさわってほしくないというか、さわられると申し訳ない気持ちになってしまうのだ。

たとえば他人のノートパソコンを使うのはまったく抵抗がないけれど、打ち合わせとかで他人が僕のノートパソコンを「ちょっとごめんね」と拝借してキーボードでもタッチしようものなら、そこには僕の手汗だとか皮脂だとか、昨日食べたベビースターラーメンの食べかすがベタベタとついているのに……と今すぐ目の前で除菌スプレーを大量噴射したくなる。あるいは男仲間でカラオケに行ったときとか、最後の方は盛り上がってみんなで肩を組んだりするんだけど、せめて自分だけは人にふれない方がいいという一心で、こっそり手を浮かしてエア肩組みにしていたりする。

こういう性格なもので、何が厄介かというと人を家に招くときだ。わりと長酒をするタイプなので、3軒目くらいになるとじゃあどっちかの家で飲むかみたいになるケースがしょっちゅうある。するとまあ2分の1の確率で僕の家に人が来ることになるのだけど、そのときの緊張感たるやゼレンスキーとプーチンが直接会談するレベル。

どこかに埃は落ちていないだろうか。グラスに指紋はついていないだろうか。ひとつ行動を起こすたびに試験にかけられているような切迫感に襲われる。イーデン校の入学試験みたいな気分である。断言しておきたいのだけど、人の家に行く分にはなにも気にならない。その人の家が散らかっていようが汚れていようが、まったく目に入らない。僕の姑センサーは完全に役立たずである。ただ、自分の家に関してだけやたらジャッジが厳しい。

だから、あらかじめ友達が遊びに来るとわかっている日はもちろんのこと、流れ的にもしかしたらこっちの家に泊まることになるかもしれないなと想定される飲みの日なんかも、1日かけて掃除をしてしまう。フローリングは掃除機をかけた上で洗剤&専用のウェットシートで丹念に磨きをかける。ラグは重曹を振りかけて臭いを吸着させたのち、掃除機で汚れを吸い取り、コロコロで細かい汚れを取り除く。

要注意なのは、来客がさわりそうな場所だ。ドアノブや照明のスイッチ、冷蔵庫にテレビのリモコン。とにかく人の手がふれそうなところは失礼がないように除菌シートでキュッキュッと磨く。当然、水回りの掃除は念入りに。特にトイレと洗面台は最も重要な攻略地点。鏡の水垢から四隅の毛埃まで親の仇のように徹底駆除する。これだけであっという間に日が暮れる。で、ホッとしながら友達を通したが最後、テーブル用の台拭きをうっかり使い古しのものを出してしまって、今すぐ辞世の句を読み上げたい気持ちになるのだ。

友達の家に泊まりに行ったときは、床に雑魚寝でもまるで厭わないくらい無頓着な人間ではある。ただ、唯一、神経を尖らせるのがトイレだ。居酒屋なんかでは自分が用を足した直後に相手が行かない限りそこまで気にならないのだけど、お互いの部屋となると前に利用したのは誰か一目瞭然。よほどどちらかが頻尿でない限り、だいたい交互にトイレを使用することになる。だから、自分の次に友達が使うのだと思うと、胃がキュッと縮むような不安に見舞われる。シートクリーナーが目につく場所に置いてある家なら、それでひと通りの場所を拭き取るのだけど、それでもどこか見落としがないか心配でしょうがない。もはや犯行を偽装工作したあとの殺人犯の気分である。

どうかメガネをかけた小学生が「あれれ〜。おかしいぞ〜」と言い出さないことを祈るばかりだ。小ですらそんな気分なので、大は他人の家では絶対にできない。いつも友達の家に行く前はできるだけ排便をしてからお邪魔するし、なんならお通じの予感がした頃がちょうどお暇をする頃合いかなと思っている。

だから、友達と旅行をするときも一苦労だ。温泉に一緒に入ったりする分には、もはや誰の汚れか特定できないのでまったく気にならないのだけど、同室の友人とトイレをシェアするのだけはどうにも気が引ける。

ほんの一晩程度のお泊まりなら、最悪大を我慢することもできなくはない。だが、さすがに2泊以上になると、いつどのタイミングで予兆がするかは、僕の腸内環境次第だ。もしもそのときが訪れたら、僕はいつも「ちょっとお土産屋さんを覗いてくるね〜」などと適当に理由を見繕って部屋を出て、レストランフロアやロビーにある共用トイレに駆け込むことにしている。

だから、僕にとってホテルに着いたときにいちばん大事なことは部屋から見える景色でもベッドのふかふか具合でもアメニティの豊富さでもない。最も近い共用トイレはどこかだ。それがまんまと5階以上も離れていると、半ば絶望的な心持ちになりながら、気まぐれな腸に有事のときは早めに言ってくれよとそっと語りかけている。

認知されたくないオタクの苦悩

推しというカルチャーが広まって幾星霜《いくせいそう》。僕もイケメン俳優オタクとしてこの世の春を謳歌しているわけだけど、オタクはざっくり言うと2種類に分けられる。認知されたいオタクと、認知されたくないオタクだ。認知とは、推しから顔や名前を覚えてもらえること。これがロト6でキャリーオーバー最高6億円が当たるくらいうれしいオタクもいれば、自分が認知されるなんて公衆トイレで用を足したのに流さないのと同じくらい失礼千万と考えるオタクもいる。僕はこっちのタイプです。

「なぜ?」と聞かれても、推しの視界に自分が入るなんて不敬罪でしかないから、としか言いようがない。むしろこちらからすると、ファンサを求める人を見かけるたびに「どうしてそんなに自信満々に推しにアピールできるんだろう」とクラスの一軍女子を見るような気持ちになる。「指ハートして」じゃねえよ。そんなんされたら首ロープで吊るわ。

だから、接触なんてあるまじき行為。握手会とかハイタッチ会とか、そういう類いの催しには行こうと発想したことさえない。一度、推しの舞台のチケットがまったくさばけなかったのか、チケットをとったあとに急遽公演後のお見送りハイタッチ会が設けられたことがあったんだけど、あのときはカーテンコールが終わった瞬間、脱兎のごとく席を立った。今なら『逃走中』に出演しても最後まで逃げ切れるって速さで会場をあとにした。仮にもし握手会とかに並ぶなら、防護服とかで参加したい。基本的には、自分ごときが推すだなんて推しの迷惑にしかならないので、なるべく目立たないよう、ひっそりと、星飛雄馬のお姉ちゃんくらい物陰からこっそり応援していきたいというのが僕の本音だったりする。

だけど、ライターという仕事をしているとそうはいかない。出した記事をちゃんと読者に届けるためには、それなりに名を売らないといけないし、拡散力も必要だ。そういう仕事上のスキルとしてSNS上のエンゲージメント率を高める努力をした結果、自分の意図とはまったく別のところで、そこそこに「声のデカいオタク」になってしまっていたのである。

「声のデカいオタク」なんて、はっきり言ってオタク同士から見れば嫌われる要素しかない。自分の意見がオタクの総意みたいな勘違いをしているし、自己主張が強すぎて厄介者扱いだ。なによりひっそりとオタクをしていたいという僕の主義に大いに反する。しかし、仕事としては「声のデカいオタク」をやらざるを得ないわけで、こうはなりたくない自分と、こうならなければいけない自分とでいつも引き裂かれるような思いだった。

ただ、このあたりの本当の自分とのギャップみたいなものは多かれ少なかれ誰もが持つもので。たとえば、職場にいるときの自分と、友達と一緒にいるときの自分では全然違うのと相違ない話。外に出るときは服を着るのと同じだと思うことで、「声のデカいオタク」を憑依させる自分を納得させてはいた。

問題は、声がデカいことによって、本来知られたくはない推しにまで自分の存在が届くことである。そもそも推しに取材するときだって、「ファンです」なんて口が裂けても言わないタイプ。できるだけヤバいオタクであることがバレないように普通の人のふりをしている。ところが、時々SNSなのかネット記事なのかを読んで、僕が推していることを知っている推しが現れる。このときほど消えてなくなりたいことはない。

しかも相手が善意しかないから余計に困るのだ。マネージャーさんが気を遣って「ほら。この間、記事を書いてくれた横川さんよ」などと紹介してくれた日には公開処刑も同然だし、推し自ら「記事読みました。ありがとうございます」などと言おうものなら、うれしいよりも先に滅びたいという気持ちが出て、今すぐ鬼舞辻無惨さまに木っ端微塵にしてほしい。

そんなふうに一介のライターにまで気を遣える推しは本当に素晴らしい。さすが我が推しだと鼻も高くなる。その誇らしさとは別に、自分が推しに知られてしまっているという状況に僕の羞恥心が爆発四散するのだ。

この間も悲劇が起きた。その推しはまだ若い俳優さんだったこともあり、以前に記事を書いたことをすごく喜んでくださった。僕は僕で相変わらず恥死量寸前になりながらも正気を保ち、推しの曇りのない眼差しに「天使！」と心の奥底で拝みながら取材を終えた。すると、その俳優さんが屈託のない笑顔でこう言ったのだ。

「一緒に写真撮りましょ？」

推しを目の前にしてアレだけど、腹の底から「は？？？？」と言いそうになった。写真？　僕が？　ユーと？　なぜ？　隣に並ぶことさえ畏れ多いのに、同じ画角におさまるとかもはや市中引き回しの上、打ち首獄門の刑である。しかし、さすがTikTok世代。彼らにとって一緒に写真を撮ることは息をするくらい自然なことなのだ。ナチュラルにスマホをマネージャーさんに渡し、推しが隣に並ぶ。あまりの距離の近さに、推しのいない方向に全体重を乗せてしまう。無邪気にピースをする推しにならって僕もピースをしようとするが、もはや腕が上がらない。結局、写真におさまったのは、光源そのものかなというくらい眩しく発光する推しと、その横で筋肉が硬直したように腕が垂れ下がったまま「下ピース」をする挙動不審なオタクだった。

よく40代になると腕が上がらなくなるなんて話を聞いていたが、なんてことはない、四十肩になる前にもっと顕著な症状が待っていた。認知されたくないオタクは、推しの横に立つと腕が上がらない。そんな真実を発見しつつ、もし生まれ変わるなら、今度はせめて推しと笑顔で写真を撮れるくらいのオタクにはなりたいな……とひっそり思うのであった。

僕は雑談ができない

僕にもう少しコミュニケーション能力があれば、もっと売れっ子のライターになっていただろうかと、ふと考える夜がある。

誤解されがちなのだけど、この仕事は文章が上手いからとか、名前が通っているからとか、そういう理由で仕事が来るばかりではない。もちろん入りはそれらが要因だとしても、そこから継続的に仕事がもらえるかどうかは、ほとんど担当者との相性である。特にライター業なんていうものは、その出版社や編集部と取引をしているというよりも、担当編集個人との付き合いで仕事が決まる。だから、次にまた発注が来るかは正直編集さんと馬が合うかが大きいし、切れ目なく仕事をしている同業を見ていると、おおむね編集さんとすぐさま仲良くなれる人が多い気がする。

僕はこの初対面の人と仲良くなるというのがめちゃくちゃ下手くそだ。まず初めましての人となにを話していいかわからない。雑談力が著しく低いのだ。取材系の案件だと、取材当日までメールで何度かやりとりをして直接顔を突き合わせるのは当日現場で……になることが多い。そうすると、こっちも一応それなりに会話のレパートリーみたいなものは用意して臨むのだけど、編集さんは編集さんで現場を回さなくちゃいけないのでパタパタと忙しそうだし、そんな中でわざわざ僕ごときの雑談に付き合うために手を止めさせるのも申し訳なくなる。で、まごまごしているうちに時間だけが過ぎ、「このお仕事に就いたきっかけってなんですか」とか「これまでどういうお仕事をされていたんですか」とか初対面だからこそ使えるベッタベタなカードを切るチャンスも失っていくのだ。

さらに取材の現場だと、ライターと編集さん以外に、カメラマンさん、ヘアメイクさん、スタイリストさんといったスタッフが顔を揃える。で、こういう初めましてのお仕事の場合、だいたい僕以外はみんな顔馴染みのケースが多い。会うなり「うぃーっす」と低いうなり声のような挨拶を交わし合う。その気安さが、いかにもいつものメンバーという匂いを醸し出してくる。

そして、撮影の準備を進める傍ら、「この間のバーベキューで」などと馴れ合った者同士だから分かち合える世間話を広げていく。こうなるともう立ち入れない。最初のうちは、かすかに微笑みながら一生懸命聞いているテイを装うのだけど、そのうちライオンの群れにまぎれこんでしまったことをわかっていながら必死にライオンのふりをしているシマリスみたいな気持ちになって、そっと輪から離れてしまう。で、どんどん仲間内の雑談に再合流するきっかけを失ってしまい、最終的にみんながワイワイと盛り上がる中、ひとりスタジオの隅でトリプルアクセルの練習をしていたりする（僕はスケオタなので、暇を持て余すとついトリプルアクセルの練習をする癖がある。中年のおっさんが傘を持つと素振りをするのと同じだと思ってほしい。もちろん跳んでいるのは1回転半にも満たないジャンプなのだけれど）。

そんな感じで1日が終わるので、結局編集さんとは仲良くなれないまま解散となる。フリーランスにとって仕事の場とは営業の場だ。ここで、自分が気さくで親しみやすく、いるだけで現場の空気が明るくなるようなユーモアあふれる人間であることをアピールできるだけで、次の発注確率は確実に上がると思っている。そうわかっていながら、それができたためしがない。いつも最後はひとりでトリプルアクセルの練習をして、あの人はなんなんだろうと訝しげな目で見られている。

運よくなんとなく気が合って、その後も定期的にお仕事をさせていただくことになった編集さんに対しても、雑談下手は変わらない。そもそもだが、いかにコミュニケーション能力の低い人たちでも、多くの場合、初対面はまだなんとかなる。距離を探り合っているのはお互い様だし、さっき言ったみたいに初対面だから聞ける質問のカードというのがいくつかあって、それさえ切っていればその日1日くらいの会話のノルマは十分クリアできるからだ。

問題なのは、2回目以降である。手持ちのカードはすでに切ってしまったから、なにを聞いていいかわからない。なんなら前回の会話でどこまで聞いたか思い出せなくて、同じような質問をして「あ、この話、前にも聞きましたよね……」と気まずい空気になることもしょっちゅうだ。結果、またひとりでトリプルアクセルの練習をしている。僕の心の真央ちゃんは、本人と違って臆病者なのだ。

スタジオではなんとなく会話がはかどったとしても決して油断をしてはいけない。家に着くまでが遠足なのだ。障壁は、帰り道にある。大抵、取材はインタビューが最後なので、全工程が終わる頃には撮影をすませたカメラマンさんたちは荷物をまとめて撤収していたりする。すると、スタジオから駅までの道のりを編集さんと2人で乗り切らなければいけない。

ひとまず今日の取材の感想をぽつりぽつりと言ってみたりするのだけど、そんなものは30秒と経たずに終わる。駅まではあと徒歩5分くらいある。距離にして５００メートルに満たない道がいきなり熊野古道くらい果てしなく思えてくる。途切れ途切れの話題。宙に浮かんでは消える相槌《あいづち》。空疎に響く愛想笑い。僕がベートーベンなら今すぐこの5分間に「地獄」と題名をつけて曲にしたい。喋れば喋るほど好感度を失っていくクソゲーみたいな仕様になっている。

命からがら駅にたどり着いたところで、まだゲームは終わらない。最後の難関は、電車に乗る方向である。これが同じ方向の場合、また下車駅まで死んだ目で雑談を続けなければいけない。

だが、大人というのはこういうときの対処法を心得ている。なんとなく気まずいなと思ったら、改札の手前あたりで「あ、私、ちょっと電話を1本かけてから行くんで……」と言えばいいのである。僕も大人だからわかっているけど、この場合、間違いなく電話をかける用事はない。ただ、無駄にTwitterのタイムラインを眺めて、１本後の電車に乗るだけだ。それでも、角を立てないことこそが大人のマナー。相手を不快にさせない嘘は、優しさなのである。

さあ、改札に着いた。ここでさりげなくカバンに手を伸ばし、スマホを手に取るんだと脳内から指令を出した瞬間、横で編集さんがものすごくナチュラルな仕草でスマホを手に取り、こう言い放った。

「あ、私、ちょっと電話を1本かけてから行くんで……」

その後、その編集さんから仕事の依頼が来ることがなかったのは、もはや説明するまでもない。

LINE聞いてもいいですか

大人になっても全然わからないことはたくさんあるけど、その中のひとつが「人はいつどのタイミングで連絡先を交換するか」である。自慢ではないけれど、僕は人とLINEを交換したことがほとんどない。というか、「あ、LINE聞いていいですか」という会話になることが人生でほぼないのだ。本当に自慢にならなくて悲しい。

そもそも僕は自分から他人にアプローチをかけるということが極端に苦手だ。LINEに限らず、SNSでも相手を自分からフォローすることはまずない。10年ほど前、Facebookが全盛を極めていた頃、なにがいちばん嫌だったかと言うと、実名で登録しなければいけないことでもなければ、やたらタグ付けしてくる上司でもなければ、ビジネスマンとしても人としても成長したがる意識高い系の投稿でもなく、「友達申請」というシステムだった。

「知り合いかも」の一覧に知人を見つけても、「友達を追加」と表示されるたびに、「い、いや。友達というほどの付き合いでもないしな……」と腰が引けるし、「そもそも友達の定義とは……？」とひとり哲学教室を開講してしまう。Facebookが廃れたのは、「友達」というホットなワードでつながり合うには、日本人がシャイすぎたせいだったからではないかと思っている。

じゃあTwitterならいけるのかと言うと、そんなことはまったくなく、いまだに自分からフォローするということがてんでできない。なぜかと言うと、自分がフォローをすることで、相手は特につながるつもりはなかったのに「あ、フォロー返さなきゃな……」と義務感を抱かせてしまうことに、めちゃくちゃ抵抗があるからだ。

SNSというのは残酷なツールで、リアルで会っている分には違和感がないのに、ツイートだけ見ていると「ウッ……」となる人が結構多い。その「ウッ……」も一度や二度くらいなら我慢できるのだけど、毎日習慣のようにタイムラインに流れてくると、もはや「ウッ……」を超えて「ウゼエ」の一言である。だけど、特に知り合い同士の場合、良くも悪くも一度相互フォローとなってしまうと、なかなかつながりを切れない。結果、こっそりミュートにしたりして、謎の罪悪感に苛まれてしまうのだ。

だから僕は知り合いを見つけても絶対に自分からフォローはしないし、たまに取材をした俳優さんとかがなんの親切心かフォローをしてくれたりすると、腹の底から「余計なことを……」という怨嗟の声が湧いてくる。できるなら、さっとその人のアカウントに不正ログインして、僕のフォローを解除したい。それくらいSNS上で知り合いとつながることに面倒くささがある。

こんな人間が、リアルの場で知り合いに連絡先を聞けるかというと聞けるわけがない。まだ今から木下大サーカスに入門して空中ブランコをマスターする方がいけそうな気がする。僕なんかが連絡先を聞いて相手は気持ち悪がらないだろうかという心配が真っ先に浮かんでくるし、相手が年下であれば、これはセクハラ／パワハラになっていないだろうかと、僕のコンプライアンス室がけたたましくアラートを鳴らす。

それに実際のところ連絡先を交換したところで、そう頻繁にやりとりをし合うわけでもない。だけど、交換したという既成事実ができた以上、「た、たまにはなにか送らないと失礼かな……？」と自分が相手をぞんざいに扱っているような罪悪感にとらわれるし、逆に向こうから連絡先を聞いてきたくせに、以降、梨の礫《つぶて》だと「なんでやろ？　気に障るようなことしてもたかな？？」と過剰にビクビクする。連絡先が増えるということは、余計な心労が増えるということなのだ。だったら、連絡先なんて聞かなければいいと決めたら、本当に誰からも聞かれなくなった。僕のＬＩＮＥの友達の数は35歳あたりでピタッと止まっている。

特に仕事相手なんかだとなおさら連絡先を聞いていいのか悩んでしまう。やりとりをしようと思えばメールでできてしまうわけで。特にＬＩＮＥを聞く必要はないと言えばないのだけど、なんとなくこのＬＩＮＥを聞かないというスタンスがプライベートには干渉してこないでくださいという意思表明のようで、実際のところ僕は仕事相手と飲みに行くのは全然アリというか、むしろ大歓迎な人間なので、キャラクターとのミスマッチを引き起こしている。もっと気軽にＬＩＮＥを交換し合えば、交友関係は広がるのだろうか。

そういえば、２〜３ヵ月に一度、サシ飲みをする仕事仲間がいるのだけど、その人のＬＩＮＥも僕はいまだに知らない。もともと仕事のやりとりを通じて仲良くなったので、連絡のツールは今でも仕事上の付き合いのときのままFacebookのメッセンジャーで行っている。特に支障はないからいいのだけど、もう数年にわたって酒を酌み交わしている間柄としては、なんだか他人行儀な気がする。たぶんＬＩＮＥを聞いたら普通に教えてくれるだろう。だけど、なんとなくその勇気を出せないまま、その人を飲みに誘うためだけに、すっかり使っていないFacebookにまた久々にログインしようとしている。

永遠のご新規さん

人生で一度も同じ美容院に行ったことがない、と言うとわりと驚かれることが多い。逆に、みんなはそんなに同じ美容院に通い続けているのだろうか。僕としては、そっちの方が驚きなのだけど。

なぜ同じ美容院に行けないかというと、単純に顔馴染みになることが怖いからだ。もう少し正確に言うと、顔馴染みに行き着くまでのステップがはてしなくしんどい。そもそも美容師さんとの会話が苦手なのは言うまでもないけれど、最近の美容院は予約するときに「できれば静かに過ごしたい」など接客スタイルを選べるようになっているのでだいぶストレスは減ったし、なにより人見知りも40年やってるとそれなりに威厳が出てくるもので、シートに座って目を閉じた瞬間、無用に話しかけるなオーラが全身から放出されるらしく、なんならここ数年美容師さんとまともに会話をした記憶がない。だから、実は美容師さんとの会話という点ではもはや恐れるに足らずな領域に入りつつある。

じゃあなにが問題かというと、その美容師さんの腕前を気に入ったとして、もう一度指名をすることに対して、浅ましくも人を取捨選択しようだなんて大層いいご身分だこと……と、僕の心の大奥総取締役が皮肉をかましてくるのである。それくらい「指名をする」ことへのハードルがめちゃくちゃ高い。指名とはつまり、私はあなたを気に入ったという告白であり宣言。それを僕みたいな人間がどのツラ下げて……と恐縮してしまうし、あっちは仕事なんだからそこまで気にする必要はないよという意見に対しては、仕事だからこそこう思うのだ。指名するだけ指名して、美容師さんが僕のことをまったく覚えていなかったらどうしよう、と。

僕はもう一度あなたに髪を切ってもらいたいと願うくらいには良い印象を持ったのに、向こうは僕に関してはノー記憶。こんなアンバランスなことがあるだろうか。昔から友達の多い子と友達になるのが苦手だったのだけど、それは僕にとってはたった1人の大事な友達なのに、向こうからすると僕なんて100人いる友達の1人、という「好き」の不均等に耐えられなかったからで、その感覚とちょっと近いところがある。自分にとって特別だった時間が、向こうからすると記憶の片隅にも残らないような瑣末なものでしかなかったことを思い知るのが怖くて、僕は延々と初めての美容院を開拓し続けている。

そんな人間なので、当然行きつけの飲み屋などできるはずがない。ただ、できれば行きつけの飲み屋はほしいと思っている。なぜかというと、美容院は自己完結ですむけれど、飲み屋の類いはある程度の年齢になってくると、「どっかいい店ない？」と言われてパッと見繕える程度には、人に勧められる行きつけの店を持っておいた方がカッコいいという社会通念があるからだ（あるよね？）。特にほしいのが、行きつけのバー。バーに通っているというだけでなにやら高尚な感じがするのに、行きつけとくればそれはもうオシャレロイヤルストレートフラッシュ。カバンの中から『ＬＥＯＮ』がチラ見えする大人男子の出来上がりだ。

とは言うものの、バーなんてものはそれこそ入るのに勇気のいる場所で、長年バーに行ってみたいなという願望はありながら実行に移したことはなかった。が、ちょうど昨年の末、年の瀬の陽気に乗じて、１人でえいやっと飛び込んだバーがそれはそれは心地よくて、ついに僕にも行きつけのバーができてしまったのである。と言っても、利用頻度は月に１回程度。どれも友人と飲んだあとの２軒目３軒目として利用していたのだけど、この間、なんだかとてもいいことがあって、このまままっすぐ帰るのはもったいないなという気分になり、柄にもなく再び１人でそのバーにお邪魔した。

いかにも隠れ家らしい薄暗い店内。カウンターもスツールではなくソファ席になっていて、そこがホテルライクで気に入っている。僕はカウンターの端の席を選び、お気に入りのブルームーンを傾ける。そのお店はバーテンダーが1人で切り盛りしていて、初めて訪れたときは別の常連客につきっきりで、注文以外、まったく会話をしなかったし、以降は常に連れ合いがいたので、店主と話す必要がなかった。

が、その日はちょうど他に客もおらず、僕と店主の2人きりだった。なにか話した方がいいのだろうかと隙を窺っていると、その様子を感じ取ったのだろう、店主の方からボールを投げてくれた。それに僕が答え、ひとつ質問が終わると、代わりに次は僕が店主に質問をするというような感じで、思いがけず心地のいいキャッチボールをして、なんだかんだと2時間くらいいただろうか。長居してしまったなという反省はありつつ、いつも以上に軽やかな足取りで僕は店を去った。

そしてそれ以来、二度とそのお店には行っていない。なぜかと言うと、また行きたいという楽しみよりも、これでもし覚えてもらってなかったらどうしようという恐怖が上回ってしまうからだ。あれだけ喋ったのに、これでもしさっぱり忘れ去られていたとしたら、よほど僕の印象が薄いか、店主の記憶能力に欠陥があるか、どちらかだと思う。もしも「この間はどうも」なんていかにも馴染みの客らしい顔でカウンターに着いて、店主が「？？？」というリアクションをしたら、恥ずかしさのあまりその場で腹をかっさばきたくなる。その想像が現実のものになるのが怖くて、まったく足が向かなくなってしまったのだ。

こんなことだったら、調子に乗って店主と喋らなければよかった。そしたら、たまに来るけど無口な客というブランディングのまま傷つかずにすんだのに……！　と今さら言ってもしょうがないことを思いつつ、「今夜こそ久しぶりに行ってみるか？」と夜中に無駄にオシャレをしたあと、やっぱりやめておこうと家で氷結を開けるのだった。

誕生日は聞かないで

まるで特務機関のスパイのごとく、これだけは他人に知られてはいけない……！と隠し続けているものがある。それは、誕生日だ。僕は他人に誕生日を知られるのがめちゃくちゃ恥ずかしい。だから、そこそこ仲の良い人でも僕の誕生日はたぶん知らない。人の誕生日をお祝いするのは大好きだしプレゼントもここぞとばかりに用意するのだけど、自分の誕生日はできる限り祝われたくない。あの、ちょっと自分がもてはやされているような感覚を味わうのが、たまらなくいたたまれなくて、1日お尻がムズムズするのだ。

10代の頃から得意ではなかった自覚があるけど、はっきり誕生日が苦手だなと気づいたのは、SNSが普及してから。SNSというのはユーザーの誕生日をお知らせする機能が搭載されている。mixiにしても（100年ぶりくらいにmixiって言った）、Facebookにしても、「今日は◯◯さんの誕生日です」とお知らせが行く。それを見た多くの人が良かれとばかりにお祝いのメッセージを送るのだけど、あれがどうも好きではないのだ。

なんかこう、機械が知らせてくれたから気づく、みたいな。SNSがなかったら誕生日なんて気づきもしなかったのに、まるでこの日が来るのを指折り待ち構えておりましたくらいのテンションでお祝いするあの軽薄さに空々しいものを感じ取ってしまう。だいたいFacebookになると、もう何年も会っていない古い知り合いが、その日だけお知らせを受けてメッセージをよこしてきたりする。そして、文尾は「今年こそ会おうね☆★」などと無邪気に締めくくっているのだが、間違いなく今年も絶対に会うことはない。それがわかっているから「なんだその星は。頭でもぶつけたのか」と思わず悪態をついてしまう。

もう40歳になった今はこの社交辞令の応酬も、ある種年に1回の生存報告だと思えば趣があって良いかと思えるようになったけど、まだ若かった頃は毎年繰り広げられるこのやりとりが不毛すぎて、ある日、ぷつっと誕生日情報だけSNS上から削除した。すると、翌年からは誰も誕生日メッセージを送ってこなくなった。その気持ちいいくらいの無反応っぷりに、みんなやっぱりわざわざ誕生日を覚えているわけではなくて、ただお知らせが届くから流れ作業的にお祝いしていただけなんだなと白々しい気持ちになりながら、やっと訪れた穏やかな誕生日に安息を覚えたりもしていた。

以降、誕生日というのは親と2人の姉、あとは古い数人の友人からお祝いのLINEが届くだけの、日常とほぼ変わらない質素なものとなった。そもそも特段誕生日だからといって舞い上がるタイプでもない。洒落たプレゼントを望んでいるわけでも豪華なディナーを期待しているわけでもない。できるだけ平穏に、心に波風立てずに生きるのがいちばん。誕生日とて、365日あるうちの1日くらいの感覚で過ごすのが健康的であると信じて、慎ましやかに過ごしていた。

それが、一度だけ確変が起きたことがある。数年前、とあるドラマについて感想を語ったnoteがあれよあれよという間にバズり、一時的にものすごくチヤホヤされた時期があった。そんな中、僕の誕生日がやってきた。起きると、Twitterのタイムラインがなんだか騒がしい。見ると、そのドラマのファンの方たちが盛大に僕の誕生日をお祝いしてくれていたのだった。ちなみに、僕はTwitter上でも自分の誕生日は公開していない。だから今日が誕生日だなんて知られることはないと安心していたのだけど、どうやら古いインターネットのページに公開したまま残っていた僕の誕生日を誰かが検索して明るみに出たらしい。つくづくオタクの特定能力というのはおそろしい。みんな早くＦＢＩとかに就職した方がいいと思う。

なにはともあれ、この数年、家族と古い友人からしかお祝いされたことのないような日陰の人間のもとに、１日で２００件近いお祝いリプが届くのだ。眩暈《めまい》がしない方がどうかしている。しかもよく見たらお祝いのタグまでつくられている。もはやここでお祝いされているのは僕ではない別の誰かのような気さえした。

もちろん人間なのでうれしいことはうれしい。だが、同時にこうも思うのだ。この状況はおかしいと。有名人でも人気者でもない僕がこんなふうに祭り上げられるのは、なにかのバグでしかない。だから決してこれを当たり前に思ってはいけないと。変に浮かれてはいけないし、この熱狂が長く続くと思ってもいけない。あくまでちょっとしたバブルみたいなもの。宝くじで１００万円が当たっても、たぶん１年後には使い切ってるし、もう二度と当たりくじは自分のもとにはやってこない。僕はいただいたお祝いのメッセージにできる限り返信をしながら、心の中で「三瓶です」を繰り返し、一発屋芸人の胸の内に想いを寄せるなどしていた。

あれから数年が経ち、予想通りもう僕の誕生日を思い出す人は誰もいなくなった。穏やかな誕生日が再び戻ってきたのである。誤解がないようにここはしっかり伝えておきたいのだけど、誰かを責める気持ちは一切ない。人の誕生日なんてあっという間に忘れる。それは当然のことだし、実際、僕もほとんどの知り合いの誕生日を把握すらしていない。誕生日とは、その人との付き合いの深さや、自らの誠実さを測るためのチェックシートではないのだ。

ただ一方で、自分がこんなにも誕生日に対して苦手意識があるのは、お祝いをしてもらうことで、自分は誰かから必要としてもらっているのだとか、ささやかでも価値があるんだと変に期待したり、高望みしてしまいそうになるのが嫌だからなんだという気づきを深めることにもなった。最初から望まなければ、がっかりすることもない。低い自己評価を、なぜか一瞬だけインフレーションさせる。それが、誕生日だ。だから、誰にも誕生日を知られたくない。

今年も僕は静かにまたひとつ年を重ねていくだろう。その慎ましさに安堵する一方で、風船の飛んだホーム画面をわざわざスクショして貼り付け、「今日が誕生日です!」と自らツイートする猛者を見ながら、「メンタル強……」とおののくのであった。

セックスはノーサンキュー

もうずっと昔からセックスが好きではない。

男という属性に振り分けられて40年。男はみんなセックスが好きだという信仰の中で大きくなってきたし、実際、10代の頃から周りの男の子たちはみんなセックスの話題に夢中だった。けれど僕は当時から一貫して、できることならセックスをせずに生きていきたいな、と思っていた。

性欲がないわけではない。ただセックスという共同作業が、言葉を選ばずにはっきり言うと、嫌いでしょうがないのだ。

理由はいろいろあるけれど、まず単純に自分の裸を見せること自体に抵抗がある。そして、普段は真面目な顔して仕事に励み、社会を憂いているくせに、セックスのときだけ欲望をむき出しにして、下品な言葉を並べたり、あられもない声をあげたり、舌を舐めずり回しているのが、僕にはどうしようもなく滑稽で無様に思えてならない。

そういう他人に見せない顔を2人だけでシェアできるから愛する人とのセックスに意

味があるのだと頭ではわかっているけれど、体が拒否をする。お互いの愛を確かめ合うために体を重ねるのだとしたら、どうにかもっと他の合理的なやり方で愛情を確認する方法を開発したい。

なんならセックスなんかより、一緒にマリオカートをしている方がずっと楽しいし、夜ごとキスを繰り返し、そのまま眠りに落ちる方がよっぽど愛を感じる。求愛行為の最終地点がセックスであることに、どうも納得がいかないのだ。

たぶん僕は人に自分の弱みを見せるのがものすごく苦手なんだと思う。セックスは自分のいちばん見せたくない弱みを相手に開示する行為だ。僕からすると、魂を人質にとられたようなものだ。そこまで他人に体重を預けることはできない。むしろどうしてみんな、そんな無防備に誰かを信じたり求めたりすることができるのだろう。

正直、セックスがそんなに上手ではないというのも理由のひとつだ。セックスは、相互コミュニケーションの最たるものだと思っている。相手が何を求めているか、どうすれば喜んでくれるかを、行為の時間中ひたすら追求し続ける。しかも、そのほとんどがノンバーバルコミュニケーションだ。わざわざ言葉にし合うだけ野暮。相手の反応や空気を読みながら察して先回りしていかなければいけない。自分で言うのもなんだけど、帰り道の雑談さえ覚束ない人間に、そんな高等コミュニケーションができるわけない。この手順で合っているのか。はたして先方は満足しているのか。気苦労ばかりが雪だるまのように膨らんで、とても快感どころではない。

しかも、日本人の多くが、こと異性間のセックスにおいては、いまだに男性がリードするものという偏った認識を持っている。もちろんパートナーとの関係性にもよるのだろうけど、一般論として男性がサービスの供給側であることは現状では疑いようのないことだと思う。男性は自分が主導するものだと思い込んでいるし、女性もできれば男性にリードされたいと願っている。男とか女とか、なるべくそういう枠組みから外れたところで生きていきたいと考えている僕にとって、セックスは自分が男性であることを否が応でも突きつけられる場だ。そこで男性的な振る舞いをとらざるを得ない自分に対して吐き気に近い嫌悪感がこみ上げてくる。

これまでの交際の中でも、積極的にセックスをしたいと思うことはあまりなかった。もちろんそのときそのときのパートナーに対する愛情は嘘ではない。どの人に対してもできることなら長く人生を共にしていきたいと夢見ていた。けれど、僕の中でそれらの感情と性的欲求は直接結びつくものではなかった。愛しいという気持ちと、セックスがしたいという気持ちは、どんなに牛肉が好きな人でも、生きている牛を見て「うまそ～」とは思わないのと同じくらい、それぞれ別個のものだった。

でも多くの人にとって、愛する人とセックスをすることはごく自然で当たり前のことらしい。だから、付き合いが長くなればなるほど、あまりセックスをしたがらないことは関係性にヒビが入る一因になった。その反省から、次に付き合った相手とはなるべく積極的にセックスをしていこうと頑張っても、体がついていかなくて、どんどん苦しくなった。僕にとってのセックスは、人並みにうまく人生をやれないことの象徴みたいなものだった。

このセックスに対する拒否感の根本を掘り返していくと、土の中の奥深くに自分嫌いの自分が顔を出してくるんだと思う。自分をうまく受け入れられていないから、他者に自分を開示できない。つまりはエゴだ。他者を愛する気持ちより、自分を守りたい気持ちの方が強いから、身も心も裸になれない。そういう人生を、寂しいと蔑む人も多いのだろう。

ニュースサイトを開けば、今日も誰かが不倫だ浮気だと大騒ぎしている。飲み屋で隣の席に座った男たちは、女性たちとのワンナイトを肴に酒をかっ食らっている。みんなどうしてそんなにセックスが好きなんだろうと遠い星を見上げるような気持ちになりながら、いつまで経ってもボタンを上までかっちり留めて、誰の前でも無防備にも愚かにもなれない自分のことがひどく幼稚な生き物に思えてくるのだった。

子どもはいらないと決めたけど

子どもがほしくない、とはっきり自覚したのはいつ頃のことだっただろうか。

これでも10代の頃は、いつか自分は親になるのだと思っていた。僕は末っ子ということもあり、同級生に比べて両親が年老いていて、小さい頃はそれがひどくコンプレックスだった。だから、自分はなるべく若いお父さんになろうと意気込んでいた。実際、幼少の頃にチラシの裏に書いた人生計画には「18歳で結婚。20歳でパパに」なんて掲げていた気がする。子どもの戯れとはいえ、計画倒れもいいところである。

それがなんとなく自分が子どもを持つ未来というものに違和感を覚え、持たずにすむならそれがいいなと思いはじめたのは、たぶん30代を前にした頃。周りに子を持つ友達が増えはじめ、僕も子どもを持つなら急がねばという焦りに人並みに追い立てられるようになった。けれど、そうやって「子どもがほしいなら早く相手を見つけなくちゃ」と自分に言い聞かせれば言い聞かせるほど、「僕は本当にそんなに子どもがほしかったんだっけ……？」と疑問が生じてくる。大人になったら子どもを持つのが当たり前という刷り込みに従っていただけで、自分の意思で子どもがほしいと痛切に思ったことなんて、はたして一度でもあっただろうか。答えは、ノーだ。

別に子ども、ほしくないかも。一瞬頭をよぎったその考えは、言葉にした途端、一気に輪郭がはっきりしてくる。まるで一次方程式みたいだ。左辺にあった数字を移項し、両辺をxの係数で割ると、謎の記号xの値が算出されるみたいに、いったいなにに脅されて子どもをつくらなきゃいけないと焦っていたんだろうと我に返った瞬間、自分は子どもがほしくない人間なのであるというxの正体が明らかになる。

子どもが、ほしくない。そう口にするだけで、2つの感情が生まれてくる。1つは、人類が長い歴史をかけて繰り返してきた崇高な営みに中指を立てるような背徳感。そしてもう1つは、長年自分を窮屈にさせてきたものからようやく自由になった解放感だ。子どもがほしくないと宣言することで、ずっとわからなかった自分らしい人生というのがおぼろげに見えたような気さえした。

どうして子どもがほしくないのか。子育てが煩わしいとか、自分の時間を大切にしたいとか、そういうことではまったくなくて。いちばんしっくり来るのは、自分の遺伝子を残したくないという強烈な拒否感情だ。種の保存が動物の本能なのだとしたら、僕はそうした自然由来の性質を持ち合わせていないのかもしれない。よくドラマで、出産に駆けつけた父親が新生児室で眠る我が子を見て顔を輝かせたり、子が成長するにつれどんどん自分と似てくることに愛着を覚えたりする描写があるけれど、あの感覚がどうしても理解できない。懸命に想像しようとしても浮かんでくるのは、むしろおぞましいという感情だった。

自分の子どもが、自分に似てくることが怖い。自分と同じ血が流れていると思うとゾッとする。内面から満たされていくような幸福感よりも、胃がキリキリと締め上げられていくような痛みの方がよっぽどリアルに想像できる。親になるのが怖いとか、そういう話ではない。ただただもうこれ以上自分のような人間を再生産したくないという、半ば使命感に近い気持ちだ。

こんなことを言うと、じゃあ今もこの世に存在する自分と同じ血が流れる親や姉に対しても同族嫌悪のような感情を抱くのかと言ったら、そんなことはまったくない。親や姉は自分がつくったものではないので罪悪感を負う必要がないからだ。あくまで自分の意思で自分の家族を増やすことに強い抵抗がある。なんなら30代半ばまでボランティアで高校生の部活指導をしていたくらいなので、人を育てること自体は好きなんだと思う。でもそれが自分の子だと思うと、トイレのブラシを持ったときのようなゾワゾワとした悪寒が腕のあたりを駆けめぐるのだ。

子どもを持たない人生について、今のところ後悔する気配はない。むしろ重い荷物をひとつ降ろすことができてよかったとさえ思っている。ただ時折、たとえば芸能人の出産のニュースにふれたとき、本人が「この上ない喜び」なんて言葉で気持ちを語っているのを見ると、もちろんその人がそう感じるのは大いにめでたいと祝福した上で、僕はそういう人が感じる人生最大の喜びにまったく縁のない人間なんだなと乾いた気持ちになる。子育て中のママタレントが、「自分より大切なものに初めて出会えた」と目尻を下げていると、そういう感覚にまったく寄り添うことのできない自分はなにか重大な欠陥を抱えているんじゃないだろうかと途方に暮れる。

それでも、頭の中で我が子を抱いている自分を想像すると、全身が総毛立つような嫌悪感でいっぱいになるので、僕はそういう人生ではなかったんだと思いながら、テレビの電源をプツッと消した。

第2章 僕が自分を嫌いになった理由

歯並び七転八倒

　今日も息を吸うように自分のことを嫌いだなと感じているが、はたしてなぜそんなに僕は自分のことが嫌いなんだろう。きっとこれまで生きてきた人生の中でなにかしら自分を嫌いになる理由というのがあって。そういう小さな理由がうっすらと積み重なっていくうちに、気づいたらどうにも受け入れがたい自分というものが形成されていたような気がする。

　ここからは、自分という人間をより深く知っていくためにも、僕が僕を嫌いになった理由や出来事のいくつかを振り返ってみようと思う。大人になった今となっては些細に感じるものもあるかもしれないし、大人になった今もまだ思い出すと少し呼吸が浅くなるものもあるかもしれない。それらのすべてをなるべく包み隠さず正直に書いていきたい。今では差別的とされる表現も、僕が実際に言われた言葉としてそのまま書こうと思う。もしかしたらあなたが抱える痛みを併発させてしまうケースもあるかもしれない。そのときは一旦本を閉じて、部屋の空気を入れ換えて、温かいお茶でも淹れて、心を休めてほしい。ここから書く文章は、誰かを傷つけたり責めたりするためのものではない。僕が、僕のまま前に進むために必要な告白なのだ。

タイムマシンで過去に行けるなら、僕は3歳の自分を殴りに行きたい。のっけから、物騒な切り出しで申し訳ない。が、わりと本気でずっと考えている。特に3歳の自分に恨みがあるわけではない。だが、体を張ってでも阻止したいことがある。それが、指しゃぶりだ。

僕は指しゃぶりがやめられない子どもだった。確か小学生に上がる頃くらいまでやっていた気がする。さすがに人前では控えるくらいの羞恥心はあったけど、それでも家の中では指しゃぶりがやめられず、ついには父親が親指にアロエを塗るという強硬手段に出てなんとかやめられたものの、ズルズルと指しゃぶりを続けた結果、僕はなかなか立派な出っ歯になってしまった。

なぜ自分のことがこんなに嫌いなのか。理由をいろいろと考えてみたけれど、最も大きなウェイトを占めているのが、容姿に対するコンプレックスだ。僕は、自分の外見が好きではない。中でも顔は世界中の鏡を叩き割りに行く旅に出たいくらい大嫌いで、いつかバタコさんが「アンパンマン、新しい顔よ!」と言って、間違えて岡田将生の顔とすげ替えてくれないかと夜な夜な願っている。僕はイケメン俳優を愛でることを人生の楽しみとしているのだけど、こんなにも美しい顔の男たちが好きなのは、自分が1000回生まれ変わっても持てないものを生まれながらに有していることに対して、憧れと崇拝の感情があるからかもしれない。それぞれのパーツがふさわしいサイズと絶妙なバランスで配置された顔を見ていると、それだけで幸せな気持ちになる。

一方、僕の顔はすべてのパーツがアンバランスだ。神様が手抜き工事をしたとしか思えない。顔面の悪徳工務店とは僕のことである。中でも、僕の顔の印象を決定づけているのが出っ歯で、長らくこの大きく突き出た前歯は僕のコンプレックスだった。

容姿いじりに関しては才能を発揮するのが小学生という生き物。クラスではさんざん「デッパマン」と笑われ、中学に上がった頃には「あの歯でキスはできない」という女子たちの陰口もばっちり聞いてしまった。おかげで、人と話していても常に自分の歯が気になるし、笑うときはつい口を手で隠す癖がついてしまい、それが余計に僕の女性っぽい仕草に拍車をかけていた。

もしも3歳の頃に戻って、殴ってでも指しゃぶりをやめさせられていたら、僕の人生は変わったのだろうか。

とは言え、いい歳をしていつまでも容姿コンプレックスまみれになっているのも、なんだか子どもじみていて恥ずかしい。むしろコンプレックスは隠すのではなく表に出していった方が解消される、なんて女性誌に書いてある煽り文句を鵜呑みにして、あえて歯を見せる時期もあった。写真に写るときも、10代の頃は歯が目立たないように必死に口をすぼめていたけれど、20歳を過ぎたあたりから逆にいーっと大きく口を開き、歯を見せながらくしゃっとスマイルをすることで、自然体な僕を装ってみたりもした。これは一定の効果があった気がする。

僕は25歳から28歳まで会社勤めをしていて、その会社では飛び込み営業をするにあたって自分の自己紹介シートをつくって各社にばら撒くという手法を営業マンに推奨していたのだけど、その際、僕は歯をむき出しにして笑っている自分のアップをA４サイズに拡大し、「この顔が、武器です。」とキャッチコピーを添えた広告風シートを自作していた。今考えると、迷惑行為以外の何物でもないなと背筋が寒くなるのだけど、意外にそれなりのインパクトがあり、再訪すると僕の顔を覚えてくれている担当者もいた。まずは顔を覚えてもらうことが大事という新規営業において、コンプレックスを逆手に取るという文脈も込みで、悪くない戦略だった。

実際、歯を見せたら魂でも抜かれるのかというくらい固く口を結びながら一生懸命笑顔をつくろうとしている10代の僕より、出っ歯なんか気にせず豪快に笑う僕の顔はいくぶん健康的だし明るくも見えた。だが、本音を言うと、歯なんてやっぱり見せたくはないわけで。そうやって似非《えせ》くしゃっとスマイルを浮かべる自分に対し、無理してナチュラルな自分を演じているなという痛々しさも大いに感じていた。もはやナチュラルの自家中毒。不自然なナチュラルという自己矛盾にいたたまれない気持ちになりながら、今なお前歯との最適な距離感に思いあぐねている。

だったらいっそ歯科矯正をすればいいじゃないか、という話ではある。親にファミレスに連れられても、いちいちメニューの値段を気にしてしまうタイプの子どもだった僕は、親に高額な歯科矯正をお願いするなんてとてもではないけどできなかった。しかし、大人になり、それなりの収入を得た今、歯科矯正くらい出せない金額ではない。長年のコンプレックスからついに解放される道が、目の前に開けているのである。

が、どうしてもその道を選択する気持ちになれない。理由は2つ。まず1つめは、ここで歯並びを直したら、歯並びに悩み続けた40年間の自分はなんだったんだろうと思ってしまうからだ。もし万が一、歯並びを直したことでコンプレックスも消え、今までよりずっと楽しくて快適な人生が待っていたとしたら、どうしてもっと早くに歯並びを直してこの幸せを満喫しなかったんだろうと損した気分になって、今までの40年間を確実に後悔してしまう。それが嫌だ。

そしてもう1つは、歯並びを直したところで自分のコンプレックスが消えなかったらどうしようと考えてしまうからだ。いっそコンプレックスが消えてくれたならいい。いくばくかの損した気分を抱えながらも、その後の人生を幸せに生きていこう。でも、前歯が引っ込んでも、この自分が嫌で嫌でしょうがない気持ちが引っ込まなかった暁にはどうすればいいのか。結局、自分のことを嫌いな理由はもっと別のところにあることになってしまう。そしたらもうどうしたらいいのか見当もつかず、途方に暮れてしまうだろう。そう考えれば、まだ歯並びさえ直せば自分のことを好きになれるかもしれない、という選択の余地を残したまま生きていった方が、いくらか希望がある気がする。

そもそも、もしこの期に及んで歯並びを直したら、結局ずっとそこを気にしていたんだと周囲に公言したのも同然。なんだやっぱりコンプレックスだったんじゃないかという他の人たちからの視線を想像しただけで、いたたまれなさすぎて地球から消失したい。そんな下衆なこと誰も思わないことくらいわかっているのだけど、そう考えてしまうこの卑屈な思考回路にこそ、問題の根っこがあるのだ。

家コンプレックス

とにかくコンプレックスの多い人生だった。

そのひとつに、家がある。家族が嫌い、ということではない。いろいろ頭を抱えることはあれど、なんやかんや、いとしい家族だと思っている。じゃあなんのことかと言うと、読んで字のごとく「家」である。

うちの家は、今時珍しい平屋だった。引き戸をガラガラと開け、靴が野放図に散乱した三和土《たたき》を上がると、4畳ほどの台所。そしてそのまま4畳半の和室に6畳の和室が続き間になっている。で、奥に猫の額ほどの庭とお手洗い。これで終了。お風呂はない。洗濯機置き場も玄関前。築年数は詳しくは知らない。おそらく戦前か、控えめに言っても戦後間もなく建てられたと見ていいだろう。すすけた畳。破れた襖。外壁は、赤サビまみれのトタン。庭に面したガラス戸はほとんどガラスが割れていて、透明のセロハンが代用されていた。もはやガラス戸ですらない。夏になると、屋根裏にはネズミがドタドタと走り、真冬は外にいるより寒くて防寒の機能を職務放棄している。「ボロ屋」と誹《そし》られても弁明の余地はないくらい絵に描いたようなボロ屋だった。

そんな小さな平屋で家族5人が暮らしていた。さすがに2人の姉が年頃になるくらいには、いろいろと無理が出てきて、10メートルほど先にある父の生家を借りて、姉2人は父の生家に、僕と両親はうちの家で生活するようになったけど、どちらもボロ屋選手権でシードがとれるくらいにはボロ屋なので、生活のレベルは変わらない。とにかくこのボロ屋が、僕の大きなコンプレックスだった。


どうやら我が家は貧乏らしい、と気づいたのは小学校に上がったくらいだった。小学生にもなると、友達同士、お互いの家を行き来する機会も増える。仲良くなったクラスメイトの家にお邪魔すると、どこも2階建て以上、中には3階建ての子もいて、みんな自分の部屋があてがわれていた。床は当然フローリング。ヘッドボード付きのベッドと人気のアニメキャラクターでデザインされた学習机が、まるで豊かさの象徴のように鎮座している。

一方、うちはと言うとご説明した通り小さな平屋なので、自分の部屋などあるはずがない。寝るときは押し入れから煎餅布団を下ろし、学習机は従兄弟のお古。引き出しの前板に貼られた流行遅れのビックリマンチョコのシールが、余計にお下がり感を強調していた。そのことについて駄々をこねた記憶はない。むしろそういうことは言ってはいけないのだと幼いながらに理解しているタイプの子どもだった。でも心の奥底では、どうしてうちの家は綺麗でピカピカじゃないんだろうと、いつも、いつも、恨めしく思っていた。

そういうこともあって、僕は「家」に並々ならぬ執着心があった。新聞に折り込まれている住宅のチラシを見るたびに、こっちは僕の部屋、あっちはお姉ちゃんの部屋と想像を膨らませ、シルバニアファミリーの赤い屋根の大きなお家を玩具屋さんで見かけては、あんなお家に住めたらなと夢を見た。けど、当然そんなリッチな玩具など買ってもらえるはずもなく、赤い屋根の大きなお家なんて夢のまた夢。代わりに僕は、お誕生日ケーキの空き箱に自分でベッドやチェストの絵を描いて、理想の我が家をつくっては、人形遊びに興じていた。

当時、『姫ちゃんのリボン』や『ママレード・ボーイ』が流行っていたけれど、みんなが姫ちゃんやポコ太、遊や銀太の似顔絵を練習する中、僕はまるでなにかに取り憑かれたようにひたすら野々原家や小石川家の外観をスケッチしていた。こんな家に住めたら、僕は今よりちょっと幸せになれると信じていた。

小学生の頃、うちの地元では、誕生日が来るとそれぞれの自宅でお誕生日会を催し、母親のつくったごちそうを友達に振る舞い、お呼ばれされた者はプレゼントを献上するのがならわしだった。でも僕は、みすぼらしい我が家を友達に見られるのが恥ずかしくて、とても家になど呼びたくなかった。というか、両親が共働きだったため、親が子どものためにお誕生日会を催すという発想すらなかった。結果、ひたすら友達のお誕生日会に行ってはごちそうにありつくだけの「お誕生日会食い逃げ」に。せめてプレゼントくらいは豪勢にしたかったけれど、親からもらえる軍資金は１００円程度。せいぜい駄菓子の詰め合わせか、ちょっと香りのいい消しゴムくらいしか買えない。

今でもよく覚えているけれど、あるとき、友達の誕生日プレゼントを買いに近所の文具店に行った。僕が選んだのは、当時人気だった香り玉。喜んでくれるかなといそいそしながらレジに持っていくと、店主のおばちゃんは値踏みをするような目でこう言った。

「これだけ？　他の子はもっと高いものを買うてたで」

あのときの頬が急激に熱くなる感覚が今もかすかに残っている。唐突に、小瓶の中できらきらと光る魔法の粒がひどく安っぽいものに見えてしまった。あのおばちゃんは子ども相手になぜそんな無神経なことを言ったのか。これが『名探偵コナン』なら、じゅうぶん犯行の動機になるレベル。ここが米花町でないことを、おばちゃんは感謝してほしい。以来、僕は家の貧しさにはっきりと引け目を感じるようになり、自分は他の人よりもステータスが低いのだという刷り込みが、僕の自己肯定感の低さの土壌となった。

ちなみにこれは大人になって気づいたことなのだけど、結局我が家が本当に貧しかったのかというと、意外とそうでもなかったのかもしれない。と言うのも、僕は私立文系の四大を出ているのだけど、その学費は全額親が払っている。僕くらいの世代だと奨学金の世話になる級友も多かったし、その返済がようやくこの年になって終わったという話もちらほらと聞く。平成不況の真っ只中、自己資金だけで子どもを私大に行かせるのは大変だったろうと今なら想像もつく。それをやってのけたのだから、裕福とまでは言わなくても、卑屈になるほど劣悪な環境ではなかったのかもしれない。

要するに、うちの父親は使うところには使って、必要と感じないものには使わないというタイプの人間だったのではないだろうか。家がとんでもなくボロ屋なのも、誕生日プレゼントもクリスマスプレゼントもお年玉もまったくなかったのも、うちが極端に貧しかったからというより、父がそれらの類いに価値を感じていなかったからというのが真実だったように思う。さんざん自分の家の貧しさに居心地の悪い思いをしていた少年時代を思うとなんだか気の抜ける話だけど、そんな堅実で倹約家の父に育てられたことを感謝するよりも先に、だったらせめてもうちょっといい生活をさせてほしかったと文句を言いたくなる僕は、やっぱり性格がねじ曲がっている。

男らしくない男の子

記憶にある限り、僕が最初になりたいと思ったのは、Ｗｉｎｋだった。

１９８８年デビュー。『愛が止まらない －Turn it into love－』『淋しい熱帯魚』と立て続けにヒットを飛ばし、ブームを巻き起こした平成初期を代表する女性デュオ。彼女たちが一世を風靡していた頃、僕はまだ幼稚園児だったけど、まるで西洋人形のようなドレスを着て、１ミリも笑顔を見せずに踊る２人が、とても儚げでミステリアスに見えた。彼女たちが音楽番組に登場すると、テレビの前にラジカセを置いてカセットテープに録音し、その音源を聞いて、ひたすら振りの練習をした。１歳上の姉が、（相田）翔子。僕はサッチン（鈴木早智子）派だった。マイクなんて洒落たものはないから、缶のペンケースを代わりに握りしめ、６畳の和室がステージ。あの頃は頑張っていればいつか自分もＷｉｎｋになれると信じ込んでいた。

次になりたいと思ったのは、セーラーマーキュリーだった。メガヒットアニメ『美少女戦士セーラームーン』に登場する水星のセーラー戦士。その素顔はＩＱ３００の天才少女・水野亜美で、当時、マーキュリーは主人公のセーラームーンを凌ぐ人気だった。普段は真面目で大人しくて、あまり友達もいないけれど、実はちょっと天然ボケなところもあるキャラクターは男子受けも抜群で、今で言うガチ恋勢が大量発生。だけど、僕の感情は恋というよりも、マーキュリーになりたいという願望の方が近かった。周囲の男の子たちがかめはめ波や霊丸の真似をする中、僕は必死にシャボンスプレーを練習していた。

このあたりから自分が「男の子らしくない」ことにうっすら気づいてはいた。周りの男子とどうしてもウマが合わない。野球もドッジボールも楽しいとは思えなくて、それよりも教室で『姫ちゃんのリボン』の話がしたかった。ミニ四駆もビーダマンもほしいと思ったことは一度もないけど、『ひみつのアッコちゃん』の変身コンパクトはジュエルの部分がリングになっていて、指にはめるだけでうっとりとした気分に浸れた。

子どもというのは、自分と違うものに対してやたら目ざとい。そして、大多数側にいる人間は、少数派のことをバカにできる特権を持っていると錯覚していた。だから、集団から外れている子を見つけると、みんなで寄ってたかって笑いものにする。おおよそ男らしくない僕は格好のターゲットだった。特に、この世代の男の子の集団は、足が速いとか背が高いとか、いわゆる「男らしさ」に関する要素で序列が決まる。運動も喧嘩も苦手な僕は最下層に回るしかない。

当時、男子の間でBB弾が流行っていて、よくおもちゃの銃にBB弾をつめて撃ち合いをしていた。最初は公園の壁とか缶とか害のないものに当てていたけど、そのうちそれでは飽き足らなくなるのが人間の心理。誰かに当てて痛がっているところを見て笑いたいという暴力本能がむくむくと膨れ上がってくる。そのとき決まって標的となるのが僕だった。

最初は、ほんの1人のいたずら心がきっかけだ。誰かが僕を目がけて銃を撃ち、僕が「痛っ！」と飛び上がる。すると、そのリアクションが面白くて、別の誰かも僕に向かって銃を撃つ。2発、3発とどんどん弾数が増えていく。気づけば、その場にいた全員が僕に銃口を向けていた。僕はとにかく目にだけは当たらないように懸命に手で顔を覆いながら、無力なドブネズミの気持ちになる。それはとてもグロテスクな光景だった。

彼らを庇うわけじゃないけれど、誰もそれをいじめだとは思っていなかった気がする。かく言う僕もいじめられていたという認識は薄かった。別に仲間外れにされるわけでも無視をされるわけでもない。ただ、みんなと遊ぶときに、どうしても僕は一段低いポジションになる。集団の規律みたいなものだ。そして、その理由は僕がおおよそ男らしくないことにあった。

あの頃、僕は男らしくなりたいと思っていたのだろうか。ちょっとうまく思い出せない。みんなみたいに普通の男の子になれれば、もうちょっとまともな扱いを受けるのかなと思っていた気もするし、心の奥底では彼らの体にひそむ野蛮さを軽蔑していたような気もする。いずれにせよこの状況を生き抜くための処世術が必要であることだけは、ある種の危機感と共に自覚していた。

そして、その方法は意外なところから見つかる。どうやっても男の子らしくなれないなら、いっそそうなれない自分を逆手に取ってしまえばいいのだ。僕にとって、それは「オカマキャラ」を演じることだった。

中学生になって演劇部に入った僕は、文化祭で劇をやることになった。もうどんな話だったかも忘れてしまったけど、2年生のとき、僕が演じたのは、シンデレラの継母のような意地悪な女性の役だった。それが全校生徒の間でやたらとウケたのである。その日を境に、見ず知らずの上級生からも「面白かったで」と声をかけてもらう機会が一気に増えた。まるでちょっとした有名人になれたみたいで、わずかばかりの自尊心がつやつやに輝く。要は、味をしめたのだ。
なるほど、男らしくないことを隠そうとするからバカにされるのであって、いっそ開き直ってネタ化してしまえば受け入れてもらえるのかもしれない。そんなのただのピエロだよと思うかもしれないけれど、理由もなく虐げられるくらいなら、自分からピエロを演じた方がよっぽど楽だった。そして、その戦略はあながち間違いでもなかった。「オカマ〜」「オカマ〜」とバカにされながらも、「おだまり」とオネエ言葉で返したら場はそれなりに盛り上がったし、僕自身もいじられてるんじゃなくて、いじらせてあげているんだとなんとか心のバランスを保てた。以来、僕はオカマキャラに徹し、過剰に身をくねらせたり、わざと口に手を当てたりした。3年生のときも、文化祭の劇では女役を演じた。笑いが去年よりもかなり少なかったことには気づかないふりをした。

そして僕は中学卒業を最後に、小中の知り合い全員と関わりを絶った。わざわざ普通科ではない、校区外の高校を選んだのは、とにかく自分のことを誰も知らない人たちのところへ行きたかったからだ。同じ街に生まれたからという理由だけで、同じ小学校に通い、同じ中学校に通う。そんな窮屈な生き方しか選択できなかった僕にとって、卒業は初めて自分の意志でいらないものを捨てる行為だった。

卒業式を終え、家に帰る。長い長い服役生活を終えたような気持ちで制服を脱ぐと、学ランがずっしりと重かった。今までこの重さに気づかないふりをして毎日着ていたのかと空恐ろしくなった。それから、まるでこんなものがいつまでもあったら呪いが伝染してしまうと言わんばかりの勢いで、僕は中学の教科書やなにやらを段ボール箱に詰めた。余計なものがなくなった学習机は、生まれ変わったような顔をしていた。

ふと見ると、備え付けのラックに、近所の中古ショップで買ったＷｉｎｋのアルバムが忘れ物みたいに差し込まれていた。僕はそれをすっと取り出す。ジャケットには、あの頃と変わらない西洋人形のようなヘッドドレスをつけた翔子ちゃんとサッチン。相変わらず2人は愛想笑いひとつせず、物憂げに佇んでいる。小さい頃はそれがとても儚そうに見えたのに、そのときの僕には誰も寄せつけないような2人の無表情がとても気高く思えて、急激に鼻先が熱くなった。

僕がなりたいのは、オカマキャラなんかじゃなかった。なのにどうしてあんなふうに自分の尊厳を売り渡すような真似をしてしまったんだろう。6畳の和室をステージに、本気でＷｉｎｋになれると信じ込んでいた自分がすっかり遠くなってしまったみたいに思えて、僕はアルバムを聴くこともせず、そのままラックに戻した。

ミッグくん時代

人と適切な関係を築くのが、今でもあまり得意ではない。自分に自信がないから、どうしても僕なんかに付き合ってもらうのは申し訳ないという遠慮が先に出てしまう。そして、負い目を埋めるために過剰なサービスをしてしまうのだ。その発端を辿っていくと、小学生の頃のある思い出に行き着く。

小学1～2年生の頃、僕は親のお金に手を出すことをやめられない子どもだった。6畳間には着物簞笥があって、その中にこっそり隠した封筒にお金があることを、なぜか僕は小さいながらに知っていた。当時、金銭的な価値をまだちゃんとわかっていなかったけど、あれはすべて1万円札だった。僕はその1万円札を親の目を盗んで、そっと抜き取り、自分のものにしていた。まだ低学年の子どもがそんな大金をなにに使う必要があったのか。僕は当時そのお金をすべて友達に貢いでいた。

小学生が貢ぐだなんて大袈裟なとお思いになるかもしれないけど、あの行為は貢ぐとしか言いようがない。なぜかと言うと、決して一度も強要をされたわけではなかったからだ。ましてやカツアゲの類いでもなんでもない。僕が、自主的に、友達のためにお金を使っていたのだ。

その友達は、クラスでも中心的な男の子だった。背が高く、スポーツもできて、テストの点数も上位。女子からのバレンタインチョコの数も多かった。決して威張るタイプではなかったけれど、男女共に人気があって、自然と周りに人が集まる。教室では、そういう無自覚ながら強力な権力によって物事が決まる。当然、最下層の僕とは関わりになることがない属性の人間だ。

でも、なにがきっかけだったかはもう覚えていないのだけど、なぜか僕はその男の子と話すようになった。そして、意外にその男の子も僕のことを気に入ってくれたようだった。よく2人で遊んだし、その子の家に上がらせてもらうことも何度かあった。僕は自分が特別な人間として認められた気がして、友達ができた喜びの中に、ほんのうっすらと優越感みたいなものが混じっているのを、確かに感じていた。

それがあるとき、その子が手持ちのお金がなかったかなにかで、僕がジュースをおごってあげた。すると、彼は思いのほか喜んでくれた。その無邪気な笑顔を見た瞬間、僕は初めて自分がその男の子の役に立てた気がした。愚かな承認欲求に、渇いた心が満たされてしまった。それからというもの、頼まれもしないのに、ちょっとした買い物のお金を出してあげるようになった。とは言え、小学生のお小遣いなんて高が知れている。あっという間に、あり金は尽きてしまった。そこで、僕が手を出したのが、箪笥に隠してあった親のお金だった。

封筒の中からそっと1枚抜き取る。1枚だけなら、きっとわからないはず。親が仕事に出ている間に僕はこっそり盗みを働き、そのお金を使って、男の子にお菓子を買ったりおもちゃを買い与えたりした。最初はその男の子も喜んでくれていたけれど、いつの間にか僕がお金を出すことに慣れ、買ってもらえるのが当たり前のようなリアクションになる。すると、僕はもっとサービスをしなければ満足してもらえなくなると、1枚だけと誓ったはずの親のお金に繰り返し手を出すようになった。完全に、人との距離感と罪悪感がバグった子どもになっていた。

あるとき、親が着物箪笥を開けて、なんだか訝しそうな様子を見せていたことがあった。僕は横目でなりゆきを見守りながら、どくどくと波打つ鼓動を隠し、なにも知らない顔をしてテレビを観て笑う。こんなことをしていたらいつか親にバレてしまう。もうやめないとダメだ。そうわかっているのに、僕はその男の子に喜んでほしくて、またこっそり親のお金に手をつける。気づけば、封筒は空になっていた。もういくら使ってしまったのかわからない。でも、僕はその罪の意識より、これでお金が出せなくなったら友達に切られてしまうという恐怖の方が大きかった。なんとしてでもお金を手に入れなきゃ。焦った僕が目をつけたのは、台所に置いてある母親の財布だった。

簞笥のお金は親の不在時を狙えばよかったけど、財布はそういうわけにはいかない。母親がその場を離れた隙を見つけて、すかさず抜き取らなければならない。発覚のリスクは段違いに上がる。それでも、完全にモラルが麻痺してしまっている僕はやめようという選択肢がまったく浮かばなかった。お金さえあれば友達でいられる。また一緒に遊んでもらえる。頭にあるのはそれだけで、自分のやってることが正しいかどうかなんてまるで考えられなくなっていた。

「なにやってんの、あんた」

母からそう声をかけられたのは、僕がまさに母の財布から1万円札を抜き取ろうとした瞬間だった。背中に突き刺さる母の視線。僕は急いで財布をその場に戻して、「なんもない」と振り返った。母は、怪訝な表情を崩さない。今ならわかる。子どもの嘘なんて、親にはお見通しだ。でも僕は精一杯誤魔化せたつもりで母の横を素通りし、おやすみと言って布団に潜り込んだ。指が痺れ、心臓が震える。布団の中で息がうまく吸えなくて、酸欠になりそうだった。

あのとき、僕は初めて自分がとんでもないことをやってきたことを思い知った。もしもあの簞笥のお金を盗んだのも僕だとバレてしまったら、きっと捨てられてしまう。湧き上がる恐怖を嚙み殺すように、僕はシーツを握り、目を押し瞑った。親のお金に手を出したのは、それが最後だった。


結局、その後、お金を貢ぎ続けた友達とどうなったのかは、あんまり覚えていない。普通に話したりはしていたし、彼からお金を要求されることはなかったけど、なんとなく僕の方から避けるようになって、次第に疎遠になり、クラスが替わる頃にはもうほとんど交流も途絶えた。それを特段寂しいとすら思っていなかった。むしろどうしてあんなに彼に固執していたのか、その理由さえもはやよくわからない。ただ、誰かに必要とされたかった。そして、初めてはっきり自分を必要としてもらえたと自覚できたのが、あのジュースをおごった瞬間なんだと思う。

大人になった今は、貢いでまで誰かとつながっていたいなんて強い執着はすっかり消え果ててしまったけれど、それでも人と食事をしているときに、自分なんかのために貴重な時間を割いてもらっているという後ろめたさが、胃の底あたりでむずむずと這いつくばっている。この居心地の悪さはたぶん死ぬまで直らないだろう。そして、時折意味もなく「ここは全部僕が出すから」と財布を開いてしまう自分の性根の貧しさに、ひとりで呆れ返ってしまうのだ。

「キショ」の呪縛

この世には2種類の人間がいる。「キショ」と言う人と、「キショ」と言われる人だ。説明しておくと、「キショ」とは「気色悪い」のことである。全国的には「キモ」の方がメジャーなのだろうか。僕の育った大阪では「キショい」が主流で、特に子どもの頃はバカの一つ覚えみたいに「キッショー！」と言って他人をからかったりいじめたりする子が多かった。いちばんキショいのは、そうやって平気で他人の人格を踏みにじる自分自身だと気づきもしないで、「キショ」と他人に言える立場にいることをまるでなにかの特権階級や勝者の条件のように思い込んでいた。

僕は「キショ」と言われることがとりわけ多い子どもだった。ストレートに顔を「キショ」と言われることもあったし、喋り方を「キショ」と言われることもあった。床に腰を下ろすと自然とお姉さん座りになる癖を「キショ」とバカにされたり、すれ違いざまに一軍っぽい女子たちから「キショ」と低い声で吐き捨てられたり。「キショ」に関する思い出は尽きない。「不細工」とか「アホ」とか言われるより、「キショ」の方が何倍も心をえぐられる。生理的に受け付けられない感が伝わってくるからだろうか。「キショ」はその人の存在そのものを否定する破壊力がある。僕が総理大臣になったら、とりあえずこの国から「キショ」という言葉を廃止する法案をつくりたい。それくらい「キショ」は僕にとって呪いの言葉だった。

大阪には「ギッチョバリア」という遊びがある。要は、ある特定の子どもを「ギッチョ」と呼んでさもバイキンのように扱い、その子にさわられると「ギッチョ」が感染るという、鬼ごっこを100倍性格悪くしたような遊びで、「本当に鬼なのは、人の心じゃ……」と村のおばばが言いそうなことを僕はぼんやり考えていたのだけど、子どもというのはこういう低俗な遊びほど大好きで、それはそれは大いに流行った。そして、もはや説明するまでもなく、キショい僕は「ギッチョ」にされやすかった。「ギッチョバリア」は唐突に始まる。ごく普通に話している最中に、突然誰かが「はい、ギッチョ〜」と言って、僕を「ギッチョ」扱いすることもあったし、僕の筆箱やノートをさわった人を「ギッチョ」扱いして、みんなで「ギッチョ」をなすりつけ合うこともあった。

ちなみに、「ギッチョ」にタッチされかけた瞬間に、「ギッチョバリアか〜ぶった」

と唱えると、バリアが張られて、その子にタッチできなくなる。自分が「ギッチョ」のときに目の前でこれをされると、もうたまらない。子どもの遊びだとわかっているのに、お前になんてさわられたくないと拒絶された気持ちになる。みんなが「ギッチョバリア」を張っている中、誰にもタッチできず、ただ四方をにやついた視線で囲まれるあのときの感情は、なんという言葉で表すのがいちばん正確なんだろう。悔しいは、違う。みじめも、ちょっと違う。強いて言うなら、恥ずかしい。こんなふうに汚いものと見なされることが恥ずかしかったし、そうやっておちょくられている自分を他の人に見られることが恥ずかしくて恥ずかしくてしょうがなかった。

中学に上がると、さすがに「ギッチョバリア」のような幼稚な遊びはもう誰もやらなくなったけど、その分、「キショ」はより冷たさと鋭さを増した。思春期に差しかかり、異性として魅力的かどうかが人の価値を決定づける大きな基準になった分、そこから外れている人間は不当に軽んじてもいいものとされるようになった。

たとえば、体育祭のフォークダンス。オクラホマミキサーに乗って、男女が輪になって踊る。ワンフレーズごとにペアが交替し、気になる男子の順番が近づくと女子は明確に色めき立つ。一方、僕のところへ来た女子はわかりやすく嫌な顔をした。中には、手がふれるのを嫌がり、つないでいるふりだけをしてエアでやり過ごす子もいたし、僕の番に来るところで曲が終わった瞬間、目の前で露骨に「セーフ」と喜ぶ子もいた。そして、僕はそのすべてになるべく傷ついていないふりをした。その頃にはもう自分には傷つく資格はないのだと思うようになっていた。

僕だって、牛乳がたっぷり染み込んだ雑巾をさわる気にはなれないし、三角コーナーのぬめりを掃除するときは億劫になる。周りから見たら、僕は牛乳がたっぷり染み込んだ雑巾であり、三角コーナーのぬめりなのだ。そう思えば、文句を言う筋合いもない。むしろ三角コーナーのぬめりが人間のふりをしてフォークダンスの輪に入ってすみません、と申し訳ない気持ちでさえいた。今振り返れば卑屈でしかないんだけど、そういう思考回路にでもならないと、とてもあの残酷な学校生活を正気で乗り切れなかった。

あれは確か中学2年生の頃だ。いつものように僕は友達の家で格闘ゲームをしていた。その場にいた男の子は、僕を含めて5人くらい。一対一で対戦をし、手の空いている子は横からやいやい口出しをしたり、気ままに漫画でも読んだりしていた。どれくらい遊んだだろうか。もう日も西へ傾き、さんざんやり尽くしたそのゲームにみんなすっかり遊び飽きていた。そんな怠惰な気配を打破するように、ある男の子が負けたら罰ゲームをしようと追加ルールを提案した。その罰ゲームというのが僕に股間をさわられることだった。

当時、すでに僕はオカマキャラで友達の間で通っていたし、性的なことに関心はあるけれど、まだ分別はついていない中2男子にとって、オカマの僕に股間をさわられるということは屈辱的でありつつも程良く愉快という絶妙なバランスだったんだと思う。みんなは「キッショ〜」と笑いつつ、その追加ルールを受け入れ、生ぬるい空気が漂っていた場が一転して、大いに盛り上がった。

コントローラーを握る手にもグッと力が入る。プレイヤーたちは画面の中で切れ目なくコンボを繰り出し、外野のオーディエンスもまるでK－1の決勝戦のようなテンションで本気の野次を飛ばす。そして勝負がつくと、敗者が取り押さえられた。負けた友人は「無理無理」と半分笑いながら必死に足をバタつかせる。まるで山の怪物に捧げるための生贄だ。

僕は僕で、テレビで見たニューハーフタレントになったつもりでシナをつくり、男の股間に手を伸ばす。別に人の股間なんてさわりたくもなかったけれど、そうしないと場が白けることはじゅうぶんすぎるくらいよくわかっていた。友人の股間をまさぐりながら、「あら立派ね〜」とわざとらしく女言葉で色めいてみせる。すると、残りのみんながひっくり返るように笑い転げる。その反応を感じながら、僕の内側では、ひとつの役目をまっとうした満足感と、つま先からスーッと冷えていくような虚無感が、マーブルのように溶け合っていた。

大人になって、ふとあの場面でどう振る舞うことが正しかったんだろうと考える。「ギッチョバリア」と得意げに笑う友人に、僕はバイキンじゃないんだけどと抗議すれば良かったのだろうか。別に友達の股間なんてさわりたくないし、そもそも僕が股間をさわることが罰ゲームって失礼じゃない？　と注意すればなにかが変わったのだろうか。

でも、もしタイムリープして同じ場に遭遇しても、僕は「ギッチョ」扱いされながらヘラヘラと笑い、罰ゲームの汚れ役を喜んで演じるだろう。なぜなら、この世には「キショ」と言う人と、「キショ」と言われる人がいて、僕は「キショ」と言われる側に振り分けられる人間だから。それが、逆らうことのできない自然の摂理なのだ。

今でも僕は人にさわるのも、さわられるのも好きじゃない。潔癖とは違う。どうしても自分を汚いものだと思い込んでしまっているから、そんな自分にふれてもらうことに対して堪えようのない罪悪感が湧くのだ。誰かといるときも、ふっと子どもの頃にさんざん言われた「キショ」がくっきりとあの頃の音声のまま再生されて、うまく笑えなくなるときがある。三角コーナーのぬめりはどんなにこすっても落ちないまま、饐《す》えた臭いを放ち続けている。

なれなかった側の人間

こうやって振り返ってみると、人格形成において幼少期の経験というのは強い影響を与えるんだなあと、なんだか他人事のようにしみじみ思ってしまう。とは言え、僕もいい大人。いつまでも昔のことをズルズルと引っ張って、自分が嫌いなことの理由にしているのも言い訳じみている気がする。

それこそ「自分が嫌いで……」なんて話をすると、最近は「やりたい仕事ができて、ちゃんと周りにも認めてもらえて、本を出せる程度には成功体験も積んでいるのに、なぜそんなに自分を認めてやれないの?」と不思議な顔をされることも増えてきた。確かにみじめだった幼い頃の記憶なんてとっとと上書きして、今を一生懸命頑張っている自分を正しく肯定してやった方が、よっぽどヘルシーな人生だと思う。

が、そうはいかないから、こういう本を書いているのである。多少仕事がうまくいったくらいで直る悪癖なら、とうの昔に僕も「自分大好き人間」の仲間入りを果たしている。「#出会いに感謝」とタグ付けして飲み会の写真をインスタにアップしてる。が、今のところその気配はない。理由は明快。僕は、自分の人生を〝なりたいものになれなかった人生〟とみなしているからだ。

この世には、なりたいものになれた人と、なりたいものになれなかった人がいる。両者を数値化したら、圧倒的に後者の方が多数派だろう。僕もその1人だ。僕は小さい頃からずっと脚本家になりたかった。でもついぞその夢は叶わぬまま、40歳になった。なりたいものになれなかったという敗北の味が、安物のブランデーみたいにしつこく舌の上に残り続けている。

そもそも暗黒同然の小中学生時代を辛うじて生き延びることができたのも、どこかで「自分は他人と違う」という謎の自尊心があったからだった。周りから浮くことが多かったけど、それは持って生まれた個性の強さゆえのこと。いつかこの個性が誰かに認められ、大きな世界へ自由に羽ばたいていけるのだと信じて疑わなかった。実際、地元の中学校くらいの範囲なら、確かに僕は他の子と比べても感受性は豊かであり、それを形にする発想力にも恵まれていた方だったと思う。自分にはなにか特別な才能があるんだ。そう自分に思い込ませることで、僕は自分の頭の中でだけ『みにくいアヒルの子』の白鳥の気分になれた。

が、僕は結局アヒルでしかなかった。世界を広げ、多くの才能ある人と出会うたびに、自分は選ばれた特別な人間ではないのかもしれない、ということにうっすら気づきはじめる。羽根が一枚一枚抜け落ちるように、少しずつ根拠のない自信が瓦解《がかい》しはじめる。

最初のきっかけは、高校時代の同級生だった。入学と同時に演劇部に入った僕は、そこで〝かっさん〟という同学年の男の子と出会った。笑いのセンスがあって、他の人にはない視点を持っていて、人の懐に入るのが上手いかっさんは、部の人気者だった。かっさんが先輩からもてはやされ、大きな役を射止めるのを目の当たりにしながら、僕は「あれ？　そこの立ち位置は本来僕がいるはずだったんだけどな……」と焦燥感で焼けただれそうになっていた。

一度、一緒に脚本を書くことがあったのだけど、「かっさんの書くものは破綻しているけど突き抜けた面白さがある。横川の書くものはありきたりだけど、よくまとまっている」というのが先輩からの評だった。めちゃくちゃなのに面白いなんて褒め言葉、いちばん天才っぽい。翻《ひるがえ》って、よくまとまっているなんて凡人と言われたようなもので、その場から消滅したいくらい恥ずかしかった。

以来、「ありきたり」は僕の中の強烈なNGワードとなった。「ありきたり」と思われたくない一心で、僕は一生懸命奇抜な人を装い続けた。当時、僕は白シャツ&白パンツに蛍光オレンジのベストという黒歴史ランキングぶっちぎりナンバーワンの謎コーデをガンガン着倒していたのだけど、あれも変わった人に見られたいという痛々しい自己顕示欲から生まれたものだった。

あるとき、「なんばグランド花月」という吉本興業が運営する劇場に授業で見学に行くことになった。そこで、あるベテランの芸人さんが僕のコーディネートを見て「光GENJIみたいやな」とイジってくれたのだ。そのときのドヤ顔と言ったら、我がことながら羞恥の極み。今すぐ消しゴムマジックで消してやりたい。芸人にイジられる=自分は面白いという、ねじ曲がった思考回路。そこで起きたひと笑いはあくまでその芸人さんの力なのに、まるで自分が手柄を立てたように勘違いして、僕は悦に入っていた。

そんな見せかけの変人ムーブに腐心する一方、書くものに関しては一向に凡庸の域から抜け出ることができなかった。どこかで見たことのある設定に、どこかで聞いたことのある台詞。僕が書くものは、いつも好きな作品のトレースに過ぎなかった。オリジナリティとか、新規性とか、そういうものがまったくなくて、書けば書くほど自分には才能がないことを思い知らされるばかりだった。

大学に入った頃から、各テレビ局が主催しているシナリオコンクールに応募しはじめたけど、箸にも棒にもかからない。はじめのうちは「弱冠20歳で衝撃デビュー」なんてわかりやすいキャッチフレーズで世間のスポットライトを浴びる自分を想像していたけれど、弱冠20歳はとうに去り、どんどん年齢ばかり増えていく。頭の中の妄想は「苦節10年、念願の初受賞」に変わり、やがて「30代の星！　遅咲きの大輪、ついに開花」となり、最後はもうそんな妄想に縋《すが》る気力すら失ってしまった。

テレビを観ていると、自分が応募したコンクールで大賞を獲った作家が、堂々とゴールデン枠の連ドラを手がけている。気づけば、新人作家の年齢が年下ばかりになっていく。もはや自分が本当に脚本家になりたいと思っているのかもわからない。ただ、昔からずっとそう言っているから続けているだけで。ここで夢をあきらめたと言ってしまったら、自分は才能も何もない「ありきたり」の人間であると自分で認めてしまうみたいで。それが嫌だから、残り少ない歯磨き粉を搾り出すように、夢への気持ちを無理矢理ひねり出しているだけなのかもしれない。

だから、こうしてライターという仕事をしていても、どこか自分の夢を偽装工作しているような後ろめたさがある。本当になりたかったものは別にあったけど、夢見た場所とそれなりに近くて、多少の優越感を満たせるという点でも落としどころとしては悪くない、とほくそ笑んでいる自分を心のどこかに感じている。一方で、まだ誰も見つけてくれていないだけで、実はなにか光るものを隠し持っているのではないかという期待を捨て切れない身としては、結局自分はこの程度の人間だったんだなという虚しさも消えない。だから、ライターである自分をいくら周囲が認めてくれても、それが自己肯定感にはまったくつながらないのだ。

人生は、なりたいものを目指す時間より、なりたいものになれなかった自分と過ごす時間の方がずっと長い。それこそ傍目からは夢を叶えたように見える人だって、今いる自分の場所に満足し切れていなかったり、他の人とポジションを比べて焦ったり落ち込んだりすることだってあると思う。人生がトーナメントなら、優勝者以外はみんな敗者だ。ならば、なりたいものになれなかった自分とどうやって折り合いをつけて人は生きていくのだろうか。その方法が見つからなくて、僕は今もサイズの合わない椅子に座っているような居心地の悪さを感じながら、原稿を書き続けている。

他者からの愛とか言われても

「自分が嫌いなんです」という話をすると、「私も昔はすごく自分のことが嫌いで……」という共感の声がよく返ってくる。しかし、「昔は」ということはすでに現在はその問題から脱却しているわけで。世の人たちが、どうやって自分嫌いのループから抜け出せたのか。解決策を聞いてみると、大抵が「他者からの愛」だったりするので、その貴重な体験談、吉田正尚くらいのフルスイングで豪快に打ち返したい。

そもそもこんなに自分のことが嫌いな理由の根っこにあるのは、他者から愛された経験がないことが大きい。だから、「他者からの愛」で救われたなんて話を聞くたびに、「パンがなければお菓子を食べればいいじゃない」とマリー・アントワネットに言われた気持ちになる。お菓子という代案を出しているだけマリー・アントワネットの方がまだマシというレベルである。

生まれてこのかた、他者から愛された経験があまりない。両親や2人の姉は僕をちゃんと愛してくれていると思う。なので、決して家庭環境に恨み言を述べたいわけではない。ただ、僕の中で、家族は他者にカウントするにはちょっと近すぎるというか。身内の証言がアリバイの証明にはならないみたいなもので、家族の愛は今いち僕の自己肯定感の醸成には寄与しないのである。

この「他者からの愛」というのは、やはり恋愛的なニュアンスが強い。細かく言うと、恋愛でなくてもいい。要は、なにがあっても優先順位の第1位を自分にしてくれること。それが、僕の思う「他者からの愛」だ。どうしてもこの時点で友達というのは圏外になりやすい。友達は僕の人生においてかけがえのないものであることは間違いないけれど、決して友達に優先順位の第1位を求めてはいけないし、そもそも友達に自分を優先してくれることを求めてもいけない。この人にはちゃんと別の大切な人がいるという前提の上で、一緒にいるこのささやかな時間を楽しく過ごせることに友情の美しさがある。

友達にプライオリティを求めることはお門違いとして、じゃあ誰になら優先順位の第1位であることを求めて許されるのかというと、それはもう恋愛対象しかない。でもこれが僕にとってはあまりに苦手科目すぎて、ここで自分の自尊心を満たすのは無理ゲーすぎる……とコントローラーを投げ出したくなる。

自分が恋愛対象として魅力的な人間ではない、と自覚するのは精神的に結構キツい作業である。合コンに婚活、学校に職場。生きていると、恋愛対象として査定の場に出る機会は意外に多い。そのたびに必死に外見を取り繕い、場が盛り上がるように楽しい話題を用意して臨んでも、誰も僕の前には残らない。1人また1人と席を立ち、最後に残るのはピエロのような哀れな自分と、誰にも選ばれなかったという事実だけ。現実というシュレッダーにかけられた自己肯定感は、無残に切り刻まれ、花道を飾る紙吹雪にさえならない。そういう夜を、何度も、何度も、経験していくうちに、すっかりひねくれ曲がった僕ができてしまった。

こんなにも恋愛が苦手なのは、恋愛というのが互いを思いやり、その胸中を慮《おもんぱか》りながら、歩調を揃え、目指すゴールに向けて手を取り合いながら共に進んでいくものだからだ。要は、コミュニケーション能力の中でもとりわけ「一対一」の対人スキルが必要となる。この能力が著しく欠けているのだ。

不特定多数に向けて一方的に話すといったコミュニケーションはそんなに苦手ではない。でも自分が言ったことを相手がどう受け止め、解釈し、そこから発生した感情をどう言葉や身振り手振りに乗せて、こちらに伝えているのか、あるいは隠しているのかを読み取ることができない。

いや、もっと言うと、読み取ろうとするあまり深読みしすぎて自滅したり、気にしなくてもいいことまで気にしてしまって、つい相手との関係に対して及び腰になる。結果、僕は僕で疲れてしまうし、相手も、やたら口数は多いけど目が泳ぎまくっている僕を不気味に感じて、苦笑いで去っていく。僕の恋愛前夜はそんなことの繰り返しだった。

自分がいかに市場価値が低く魅力に乏しい人間であるかを、恋愛と向き合えば否が応でも思い知らされる。正直、僕にとって恋愛は自傷行為に近い。だから、「他者からの愛」こそが嫌いな自分を受け入れ認めるための唯一にして最善の策であると言われてしまうと、今から大谷翔平になれと言われているような気持ちになる。誰も160キロの速球は投げられないし、片膝ついてホームランは打てんのです。

それなりに年齢と経験を重ねて、シングルで生涯をまっとうすることへの腹決めのようなものはもうできている。ひとりで生きる人生に対して、そこまで寂しさや不安は感じていない。なんなら、一生ひとりでいいと決めた瞬間に、長い長い宿題からようやく解き放たれたような身軽ささえあった。ひとりで生きる人生に対して、僕はちゃんと納得している。

それでも、自分は結局誰からも選ばれることのない人生だったんだなという虚無感がどこかで自分を支配している。こんなにたくさんの人がいるのに誰も自分を優先順位の第1位にはしてくれなかったという敗北感が、生きることを重たくさせている。休日のららぽーとで、夏の夜の河原で、年の瀬の神社で、別々の人生を生きてきた人たちがつがいとなり、新しい家族を築き上げているさまを見るたびに、みんながちゃんとできていることを自分はできなかった負い目で、ふっと周りの景色が遠ざかっていく。ひとりで生きていくことを決めることと、誰にも選ばれなかったことを受け入れることは、似ているようでまったくの別物なのだ。

そう考えると、僕の人生は選ばれなかったことの連続なのかもしれない。シナリオ専門誌に掲載されたコンクールの結果。いつも本屋でそれを買っては、誰も周囲にいないことを確認してから、恐る恐るページを開けていた。今度こそ誰かが見つけてくれるかもしれないという期待と、どうせ誰も見つけてくれるわけがないというあきらめ。天秤は、ページの最後まで辿っても自分の名前がないとわかった瞬間、ずしんと片方に沈みこむ。

恋愛だってそうだ。初めてのデートが終わった日の夜、婚活サイトの会員ページを確認すると、相手からお断りのメッセージが届いていた。自分で自分を浪費しているような徒労感。いくらやってもノルマが減らない素振りをやっているみたいで動けなくなる。誰かから選んでもらうことは、どうしてこんなにも難しいのだろう。だったらせめて自分で自分のことを選んでやれよ、と思う。誰も選ばない自分のことを、僕くらい1位指名をしてあげたい。たぶんそれが自分を好きになる、ということなのだろう。でもそれがどうしてもできない。

答えはわかっているのに解き方のわからない方程式を前にした中学生みたいな顔で、僕は悶々と唸り声を上げている。

第3章

進め！自分好き人間への道

外見磨きが無理ゲーすぎる

自分のことを嫌いだ嫌いだと言い続けているけれど、いつまで経っても自分のことを嫌いだと言い続けるのもあまり良くないということくらいはなんとなくわかっている。自分のことを好きになれたら、もっと楽に生きられるんだろうなと想像もつく。それでも、うまくそっち側を選べない。まるで意地でも答えを見ずに問題集を解いてやろうと四苦八苦して、誤答を繰り返しているみたいだ。

ただ、好きになる努力をしたことはあった。で、まんまと返り討ちにあった。ここからはそんな返り討ちの日々について書いてみようと思う。

「自分の容姿が嫌いだなんだと言ってるなら、ちょっとでも容姿がよく見えるように努力をしたら？」

そう言われたのは、30代も後半に差しかかった頃。今日も自分の容姿に呪いをかけるように恨みがましい顔をしていた僕を、とある女友達がバッサリと一刀両断した。

「そもそも女は化粧をしたり美容に励んだりエステに行ったり、少しでも自分の見た目がよく見えるように手間と時間とお金をかけているのに、なぜ男だけが努力を放棄することを許されているかわからない。なにもお手入れしないで、自分の外見に不平不満を言うのはただの怠慢」

彼女はよくケアしているであろう艶やかな爪でグラスをもてあそびながら、くいっとカクテルを飲み干す。それは、いつもの女友達との気の置けない飲みの場での話だった。進歩のない悩みをいつまでも愚痴り続ける僕を、痺れを切らしたように彼女は突き放した。

確かに、ぐうの音も出ない。僕はこれだけ自分の容姿に辟易しながらも、容姿をよくしようと発想したことすらなかった。嫌いな自分を少しでも誤魔化すための自衛手段としてファッションに凝ってはいたけれど、あくまで洋服は追加拡張のためのプラグイン。本体である自分の顔や肉体そのものと向き合うことはむしろ意識的に避けている節すらあった。

同じように外見にコンプレックスを持っている女性たちが、なりたい自分に近づけるよう手を尽くしているのに、自分はただ手をこまねいて愚痴を言っているだけでは怠慢と言われても仕方ない。実際、その頃から女性のメイク動画というのが流行りはじめていて、化粧前と化粧後で激変する様子がたびたびSNS上でもバズっていた。化粧ひとつであんなにも変わるのかと驚くのと同時に、僕が容姿の悩みなんてなさそうでいいなと羨んでいる誰かももしかしたら同じ悩みに苦しんで、それを自力で乗り越えたのかもしれないとハッとさせられた。ならば僕だって変われるんじゃないだろうか。

とは言え、男性のメイクというのはなかなかハードルが高い。今でこそ男性向けのメイク動画もYouTubeなどでいろいろと公開されているが、おおむねああいうのは若い男の子向けだ。最近は、若い男子を見ると「カッコいい」より先に「産める」と思ってしまう年齢になった僕がやるにはちょっと眩しすぎる。

もう少し真似しやすいモデルはいないものかとあれこれファッション誌を広げてみたものの、なんというか、日本の男性のカッコよさはあまりにロールモデルが少ない気がする。この世代の男性誌といえば、『LEON』とか『MEN'S CLUB』とか『Safari』あたりが王道なんだろうけど、どれもスーツをピシッと決めたダンディ路線。これを真似るには、今まで歩んできた人生の道筋が違いすぎる。ワイルドになりたいわけでもなければ艶っぽくなりたいわけでもない、もっと普通に年をとっていきたい、普通の中年男性に向けた情報がどこにも落ちていないのだ。これも違う、あれも違うと唸りながら、ネットの海をまたいで研究を開始する。

とりあえず手っ取り早く効果がありそうなのが、眉のお手入れだ。僕は、眉尻の下がったいわゆる垂れ眉というやつで、なんとなくこの眉が顔の印象をぼんやりさせている気がする。これをキリッとした上がり眉にできれば、もう少し凛々しい顔つきになるのではないか。僕は緊急オペに臨む外科医になった気分で「メス」と言いながら自分で毛抜きを手に取り、眉尻のあたりの余計な毛をプチプチと抜きはじめる。

しかし、やればやるほどどのあたりまで抜けばいいのかわからない。気づくとなんだかだいぶ眉自体が短くなったというか、麻呂みたいになった感がある。本当にこれでいいのだろうか。なんだか腎臓を摘出するつもりが、調子に乗って肝臓まで摘出しちゃった外科医の気分である。「やっちゃった☆」ではすまされないミスを犯したような気がする。

が、覆水は盆に返らないので、今は事を進めるのが先決だ。抜きすぎたと思うなら足せばいいだけの話。そう自分に言い聞かせ、眉ペンをぎゅっと握りしめる。恐る恐るペン先を更地になった眉尻に当てる。そして思う、これ、どれくらいの長さまで描くのが正解なんだろう……。

慌ててペンを置いて、Google先生のお知恵を借りる。ほうほう、どうやら小鼻と目尻を結んだ延長線上が最適解らしい。ひとつ賢くなった僕はもう一度鏡に向かう。そして、スッとペンを走らせてみる。あれ？　これ思ったより色が薄いな。とりあえず何度かなぞるようにペンを往復させる。すると、今度は地眉よりだいぶ濃くなってしまった。明らかに描いた部分だけ浮き上がっている。全体のバランスを整えようと、今度は眉頭の部分も描き足してみる。どうでもいいけど、眉を描いているときの顔ってなんでこんなに間抜けなんだろうか。なぜか勝手に口が開いてしまう。修復に失敗したキリストの肖像画みたいな顔だ。僕は鏡の中の自分に今すぐ死の宣告をかけたい衝動を必死でこらえ、とにかくペンを走らせる。

はたして眉毛というのはどれくらい描いたらゴールなんだろう。ちょうどいい塩梅というのがまったくわからない。どうにも濃すぎる気がするけど、これくらいの方が男らしいというやつなのか。わからないなりにひとまずケリをつけて、もう片方の眉に取りかかる。

が、今度はさらに難しい。なぜなら、先に描いた眉となるべく対称になるようにバランスを見ながら描かなければならない。え？　なんかどうやってもこっちの眉の方がつり眉になってしまうんですけど……。てか、そもそも僕の地眉が左右で形バラバラすぎん？　今さらやけど、こんな奇怪な眉で僕は公衆の面前にツラをさらしていたの？　と、どんどんボヤキが止まらなくなってくる。右を描いたら、なんだか左の眉の方が細すぎる気がして描き足して。すると、今度は右の眉が寂しい気がしてまた描き足す。結果、出来上がったのは加藤諒のような太眉のおっさんでした。

これは違う……。そう思いながら文字通り顔を洗って出直してみるものの、思った以上のハードルの高さにもう心が折れそう。誰だよ、眉を変える「だけ」で劇的に変身って言ったの。「だけ」じゃねえよ。その「だけ」の難易度がマリオカートのレインボーロードより高えっつーの。こんなことを世の女性たちは毎日毎日やっているのか……。改めて自分がいかに自堕落に生きていたかを思い知る。

それから何度か眉の描き方を練習してみるものの、いまだにしっくり来ない。いつも気持ちだけは長瀬智也というつもりで眉を描いているのだけど、そもそも目標設定自体が間違っている気がしてきた。いったい中年男性の眉毛の正解はどこにあるのか。なんなら眉毛を描いた日ほど、すれ違う人が自分の眉毛を見て笑っているんじゃないかとビクビクして帽子を目深にかぶってしまうし、「あれ？　眉毛描いてる？」と言われた日には、今すぐ自爆のスイッチを押したい気分である。

やってみてわかったが、眉をお直しした程度では自己肯定感など上がりはしない。
むしろなにをやっても自信を持てないこの心根を直すことが喫緊《きっきん》の課題なんだろう。
しかし、その直し方は今のところGoogle先生も教えてはくれないのだ。

ジムの悲劇

筋トレをすると自己肯定感が上がるという話を聞いたことがある。確かに、あくまでイメージだけど、マッチョな人に暗い人は少なそうだ。筋肉がつけば自信もつくだろうし、自分の努力で肉体改造をなし遂げたという成功体験が気持ちを前向きにしてくれそうでもある。調べたら、筋肉を刺激するとテストステロンが分泌されて、これがメンタルヘルスにもいいらしい。ならば、自分嫌いを卒業するには筋トレはもってこいなんじゃないだろうか。ある日、そんなことを考えた。

なんの自慢にもならないけど、生まれてこのかた運動というものを一切楽しいと思ったことがない。体育の成績は常に最下位だったし、友達同士で野球やサッカーをするときは、いつもどちらのチームが僕を引き取るかで、はないちもんめが白熱していた。本編の試合よりデッドヒートを繰り広げていた。社会人になってからというもの、体を動かそうと思ったことがない。仲の良い男友達が、週末になるたびにフットサルに興じていたけれど、その話を聞きながらいつも彼との間には互いに一生またぎ越えることのない川が流れていると思っていた。なんなら僕は転職活動で志望先にフットサルサークルがあると知ったら迷わず候補から外すタイプの人間だ。

そんな僕が筋トレを……？　絶対に続くはずがない。自分のことは一つも信用できない僕だけど、それだけは確信を持って言える。僕に筋トレが続くはずがない。孫悟空が真面目に働くことくらいありえない話である。

だが、本来の自分なら絶対やってみないことをやるからこそ、変わるチャンスなのかもしれない。やってみたら意外と楽しいと思う可能性もゼロではないはず。だって、周りの同世代の男たちを見たら、みんな揃いも揃って筋トレとキャンプとスパイスカレーをつくることにハマっている。そんな量産型中年男性への扉が今、目の前に開かれていると思えば、飛び込んでみない手はないだろう。

ということで、ジムに入会した。とにかくズボラな僕の腰を上げるには、金を払ったという既成事実をつくることと、他者の手を借りることが重要。これで少なくとも元をとるまでは頑張らねばという動機ができたし、トレーナーもつけてもらったのでケツを叩かれる準備も万端である。あとは、僕がやる気を出すだけ。そこで、日頃から応援しているフィギュアスケーターの宇野昌磨選手がブランドアンバサダーを務めるミズノでトレーニングウェア一式まで調達した。これで気持ちが折れそうになったときは、宇野選手も頑張っているんだからとやる気を奮い立たせることができるはず。僕はもうなにも怖いものなどないという顔で、ジムの門を叩いた。

が、あっという間にやる気は萎れた。理由は、トレーナーだった。トレーナーの名誉のために先に弁解しておくと、トレーナーはまったく悪くない。問題があったのは、あくまで僕の自意識。僕のこじれまくった自意識が、量産型中年男性への扉を閉ざしたのである。

どういうことかと言うと、こうしたジムのトレーナーは往々にして褒めまくる。特に相手が初心者の場合、筋トレを少しでも楽しいと思ってもらえるように、とにかく過剰に褒め称える。それが、どうにもむず痒かったのだ。

たとえば、ちょっと腹筋をする。すると、「いいですよ！　姿勢が綺麗です！　そう、そのテンポで！　グッドです！」と褒めそやす。たとえば、慣れないマシンを使ってチェストプレスとかをやってみる。すると、「しっかりどこの筋肉を使っているか意識して。その調子！　素晴らしい！」と持ち上げる。たとえば、目標の回数、トレーニングのメニューをこなす。すると、「あと3回！　大丈夫です、自分を信じて！　辛いと思ってからが勝負です」と説き伏せ、ゼーハー言いながらやり遂げると、「最高です！　よくがんばりました！」と労う。たかが10回、バーを持ち上げたくらいで、初めて乳児が歩いたときの親くらいの勢いで喝采を送るのである。なんなら最後らへんは褒めるところがなくなったのか、「返事がいいですね」とか言ってた。小学校の先生かよ。

もちろんこれでやる気が出るタイプの人もいるんだと思う。だが、根性がねじ曲がっている僕はどうしても人から褒められると真っ先に「心にもないくせに……」と卑屈な方向に思考が向いてしまう。そして、過剰に持ち上げられている自分に対し、調子に乗るなよと毒づいてしまうし、浮つかないように自制を働かせた結果、せっかく褒めてくれているのに妙にまごついたリアクションになってしまっている自分が滑稽で、今すぐダンベルで頭をかち割りたくなるのだ。

結局、そのジムには2回ほど通って挫折した。トレーナーからは何回か催促のＬＩＮＥが来たけど、そっと見ないふりをして閉じた。ちなみにトレーナーのＬＩＮＥのアイコンは、筋骨隆々な自身の上裸だった。僕はそのアイコンを見ながら、はたして筋トレをするから自己肯定感が高まるのか、そもそも自己愛が強い人が筋トレにハマりやすいのか、微妙なところだなと思うなどした。

その後、自宅でのトレーニングに切り替えたものの、だいたい持って3週間が関の山。1ヵ月を迎える頃には、もう面倒くさくなって、気づけばヨガマットの上で寝転がりながらダラダラとTwitterを見ていたりする。小さな成功体験を積んで自信をつけていくには、筋トレは効果が出るまでに時間がかかるのだ。一体どこが変わったのだろうと、締まりを失った体を見て怪訝に思う。そのくせ、ちょっと筋肉がついたと思っても、数日サボれば元通りになる。だから、やる気が一気に減退する。

育てるのには時間も手間もかかるのに、失うのはあっという間。それは、筋肉も人の信用も同じなのだ。……などとわかったような顔で嘯《うそぶ》きながら、大量に余ったプロテインを「髪のツヤが良くなるから！」と筋トレとはまるで関係のない理由でガブ飲みしている。

合コン負け戦

ドラマや漫画で自分に自信のないキャラクターが主人公の場合、大抵誰かから愛されることで主人公は精神的に強くなる。恋愛が、自己肯定感の向上に一定の効果があることはおおむね真実なのだろう。だから僕もかつては恋をして自分を好きになろうと頑張ってみたこともあった。とは言え、そう簡単に出会いなど転がってはいない。そこで多くの人が駆け込むのが、合コンである。

合コンに行ったことがある人はたくさんいると思うが、「合コン最高！　マジ楽しい‼」と言っている人を見かけたことがない。これは、観測範囲の問題だろうか。根が暗い僕の周辺には、根が暗い人間が集まるだけかもしれない。が、印象としてはみんなそこそこすり減りながら、合コンという不毛なジャングルに繰り出している気がする。僕自身もまた、どこかに縁が落ちていればと宝くじ売り場に並ぶような気持ちで、求められるまま合コンへと狩り出ていた。

が、合コンの酒の味はいつもしょっぱい。カシスオレンジもゆずみつサワーもすべてソルティードッグに変える力を合コンは持っている。

まずは自己紹介からしてすでに地獄へのプレリュードだ。誰もが何気ないふうを装いながら、目の前の異性の価値を無遠慮に値踏みし、いかに短いコメントで自分の好感度を釣り上げるかに腐心している。あの強烈な自意識の交錯がしんどいし、自分もまたそこに与《くみ》していることに自己嫌悪が湧いてくる。「横川です」と名乗ったあと、どんな一言を添えるのが洒落ているのか。真面目すぎず月並みすぎず、クスッと笑えるコメントで爪痕を残さねば、とひな壇芸人みたいな戦略を頭に張り巡らせる。そして、「人生でいちばん恥ずかしかった思い出は、小学校のときにギョウ虫検査に引っかかったことを校内放送でアナウンスされたことです」とどう笑っていいかわからない自虐ネタを繰り出し、早速周りをドン引かせてしまう。配慮に配慮を重ねた結果、考えうる中で最も悪手を引いてしまうのが、僕という人間なのだ。

そんな感じだから、以降のやりとりもますますしょっぱい。人見知りでコミュニケーションが苦手なら、いっそ聞き役に徹するか、壁の花と化して存在感を消していればいいのに、なぜか張り切って前線に立とうとしてしまう。たぶん浮いていると思われるのが嫌なのだろう。自信がないくせに見栄はある。つくづくタチの悪い人間だ。場を盛り上げようと相手の話に「すごいね」と大きめのリアクションをとり、隙あらば軽いボケで混ぜ返す。だが本心は、とにかく自分が冴えない人間であることがバレないようにと必死なので、ろくに話を聞いていない。だから、2時間さんざん話したところで目の前の相手のことなんてなにも覚えてなくて、終わる頃には「で、この人はどこのどちら様だっけ……？」とのっぺらぼうと話していたような感覚に陥る。

合コンというのはわかりやすく勝ち負けの見える競技だ。ほっとくと、いつの間にかなんとなく一対一のムードになっている人とかいるけど、あれはどういう手口なんだろう。同じ時間を過ごしたはずなのに、なぜそこだけそんなに親密になれるんだ。前世からの知り合いか？　僕は言うまでもなくあぶれる側に回るわけだけど、数の論理上、僕があぶれたせいで同じようにあぶれてしまった女の子が目の前でこの場をどうやり過ごそうかと気まずい顔をしている。

ここはなにか話をして座を持たせなければ。と使命感に駆られるが、なにを話していいかわからず息がつまる。大勢で一緒に話しているときはガヤ感覚であれこれと口を挟めたけれど、一対一になると途端に緊張が増してうまく言葉が出てこなくなる。結果、「マヨネーズってマオンという港町で使われていたから、マオンのソース＝マヨネーズになったらしいですよ」とどうでもいい雑学で場を凍りつかせて終わるのだった。

それでも連絡先を交換したのにまったく連絡しないのも無粋な気がして、律儀に今日のお礼をメールしたりする。そして、なんの返信もないまま強制終了することがわりとしょっちゅうあった。自分がなにかしら好意を持っていたにもかかわらず梨の礫だったら玉砕上等と潔く誇れる。悲しいのが、自分自身も特になにも思っていないけど、一応礼儀としてアクションを起こした相手からも連絡する価値なしと見なされていることだ。なんだか無駄な傷つき方をしてしまうし、そういう傲慢さがうっすらと相手に伝わるから僕は異性としてダメなんだろうなと、新しい出会いを見つけにいったはずが、わざわざ自分の嫌なところを自分で再確認しただけで終わって、気持ちがどんよりする。

恋愛市場において自分が最下層であると認識するのは、頭ではわかっていても結構しんどい。そんなことを繰り返して本当にいつか幸せになれるのか。まるで勝ち筋の見えない将棋を指し続けているような気分だった。

それでも、「はい！　こんなのやめやめ！」と将棋盤をひっくり返すことができなかったのは、恋愛という多くの人が乗っかる既定路線からはみ出る勇気がなかったからだ。20代も半ばを過ぎると、気づけば大抵の友達は誰かしらパートナーがいた。なんなら第一次結婚ラッシュというのも始まって、やたらと結婚式の招待状がたまりだす時期でもあった。僕と同じように人の悪口ばかり言って悪態をついていた友人が、すっかり毒っ気の抜けた顔で「やっぱり守る人がいるって幸せだよ」とのたまったりしている。その笑顔を見ながら、「痩せて人生が変わりました！」と体験談を披露しているダイエット広告のモデルみたいだなと心の中で毒づきつつ、だけどきっと恋愛でしか得られない全能感みたいなものはあるんだろうなと胸がざわめくのも止められなかった。

自己啓発本を開けば、「自分を愛せないと他人も愛せない」と決まり文句のように書いてある。今ならば「主語がデカ過ぎる」と一蹴できるけど、当時はわりと几帳面に真に受けては、「僕が誰もちゃんと愛することができないのは自分を愛していないからか……？」と落ち込んでいた。一方で、「いや、でも自分を愛せるようになるためにもまず他者からの愛が必要なんじゃん！　なんなの？　卵が先なの？　鶏が先？」と減らず口を叩いたりもしていた。

結局、あの頃の僕はまだ自分が本当に恋愛をしたいのかどうか、それさえもよくわかっていなかったのだ。今でこそ恋愛しない生き方も少しずつ認められつつあるけれど、十数年前はそんなことを言おうものなら「本当はモテたいんでしょ」と負け惜しみ扱いだったし、なにより僕自身もまだパートナーと生きる人生というのを当たり前のものとして見ていた。そんな世間の目とか漠然とした不安に追い立てられるように合コンに行っては無残に討ち死にする。そうやってできた死屍累々《ししるいるい》を見上げながら、こんなものを愛せとはどういう罰ゲームなんだろうと、ますます自分嫌いが加速するのだった。

不純な結婚願望

恋愛がダメなら結婚はどうだ、とある日突然方向転換をしてみた。よく結婚した人が言っているではないか。恋愛と結婚は別だ、と。ならば、恋愛対象としての僕は魅力に欠けるけど、結婚相手ならまだ一縷の望みが残されているのかもしれない。などと根拠のないポジティブ思考に背中を蹴られ、ちょっとばかり婚活に励んだ時期があった。

最初にやったのは、マッチングアプリだった。しかし、これは秒速でやめた。自分の顔写真を入れて、プロフィール項目をもろもろ埋める。その行為からにじみ出る「こんなふうに見せたい」という自意識に食当たりを起こしたのだ。僕はとにかく自分の自意識にも他者の自意識にも敏感すぎるきらいがある。

ならば、他人の力を借りた方がいいのかとぼんやり考えていた頃、友人が結婚相談所に登録するというので、これ幸いとばかりに僕もその機に乗じてみることにした。

訪れたのは、大手結婚相談所の支社オフィス。パーテーションで仕切られたブースに案内され、担当のアドバイザーがついてまずは登録業務を行う。要は、僕の基本的なプロフィールから結婚相手に関する希望までをシステムに入力し、マッチングを図るのだ。なるほど、結婚相談所というのはこんな仕組みになっているんだと社会科見学に来た気分でいそいそと項目を埋めると、確認した担当アドバイザーが怪訝そうに尋ねてきた。

「横川さん、ここはどうして空欄なんでしょうか」

担当アドバイザーが指摘したのは、希望する女性のタイプという項目だった。そこには年齢から家族構成、婚姻歴など細かくいろいろ設定されていたが、僕はすべて無回答だった。昔からそうで、僕は好きなタイプという質問がすごく苦手だ。人を条件で足切りするという行為が、どうにも鼻持ちならない。なにより僕ごときが選べる立場かという卑屈さが身を縮こまらせてしまう。

「特に希望がないんですよね。年上とか年下とか気にしませんし。未婚でもバツイチでもいいですし。学歴とかまったく気にしませんし」

そう返事をすると、担当アドバイザーはちょっと対応に窮したような顔を見せたあと、「じゃあ、とりあえず」と言って【40歳以下・大卒以上】と条件を付け加えた。

もちろん担当アドバイザーの仕事を考えれば、ある程度は正しいのだと思う。結婚相談所は、みんながそれぞれ希望を出し合い、条件に該当した者同士をマッチングさせるサービスだ。希望がないと言われても逆に困ってしまう。見せかけの条件には縛られませんといったいかにも寛容な僕の態度は、一方では紳士的に見えるのかもしれないけれど、結婚相談所からすれば非協力的と言わざるを得ない。「お昼、何がいい?」というお母さんの質問に「なんでもいい」と答えるようなもの。そりゃ、お母さんも怒ります。3日連続でコロッケにします。

でも、僕はそうやって勝手に条件を付け加えられてしまったことで、自分が人を年齢や学歴で見る人に属させられてしまった気がして、すごく嫌だった。そういうステータスで人の価値をジャッジするような場に身を置くことは、今まで自分なりに守ってきた生き方とかポリシーとか、そんな大それたものじゃないかもしれないけど、でも大切なものに背く気がして許せなかったのだ。スッと心のシャッターを下ろした僕は、あとはもう担当アドバイザーの話を生返事で流して、ほとんどサービスを利用することもなく、ひっそりと退会した。

たぶん目を瞑れば良かったんだと思う。そんな違和感は大なり小なり誰もが感じることで、ご丁寧にいちいち突っかかっていたら先に進めない。婚活とは、そういうルールブックのもとで行うゲームなんだと割り切るのがいちばんだったんだろう。それがうまくできなかったのは、決して僕が篤実《とくじつ》だからでも道徳心が厚いからでもない。結局、結婚というものをナメていたのだ。

ずっと僕は自分が人並みでないことがコンプレックスだった。人がうまくやれていることを、自分だけいつもいつもヘマしている気がして。どうしてみんなができていることが自分だけできないのだろう。どうして自分の手元には弱いカードばかり来るのだろうと恨んでもいたし羨んでもいた。みんなが手に入れているごく普通の幸せというやつが、ほしくてほしくてしょうがなかった。そうすれば、自分も人並みになれると思っていた。それが、僕にとっての結婚だったのだ。

あのとき、希望する相手の項目をひとつも埋められなかったのは、モラルが邪魔したわけでもなければ、自分に自信がなかったわけでもない。僕が、僕のことしか考えていないからだ。だから、どんな相手がいいのかイメージすらつかない。愛する人がいるから結婚するのでもなく、誰かと一緒に人生を生きてみたいから結婚するのでもなく、ただ自分の中に広がっている大きな空洞を埋める唯一の手立てが結婚だったから、結婚したいと焦っていただけ。そんな利己的な人間が、誰かと添い遂げることなんてできっこない。

担当アドバイザーから持ち帰らされた資料を全部資源ごみの日に出して、僕はひとり考えた。たぶん今の僕に必要なのは恋愛とか結婚とか、そういうことではない。他者からの愛や承認を通してでしか自分を認められないのだとしたら、そんなつっかえ棒はいつかその人がいなくなった瞬間にポキッと折れてしまう。まずは僕が僕のことをちゃんと認められなければ、自分の足で立てているとは言えないだろう。でも、その方法が見つからないから誰かに縋《すが》ってしまうんだよなと、何度道を引き返しても結局同じ場所に出てしまう迷路に迷い込んだ気持ちで、ただただ途方に暮れていた。

セルフラブ迷子

自分を好きになるために必要なのは、どうやら見た目を磨くことでもなければ、パートナーを見つけることでもないらしい。もちろんそれらもそれぞれに有効なんだけど、たぶん本質はもっと別。根本的な部分で僕が変わらないと意味がない。

要は、内面や思考の習慣へのテコ入れだ。早速、手元の女性誌を引っ張り出してみる。女性誌というのは、定期的に「もっと自分を好きになるために」みたいな大変お節介な特集を組んでくれる。毎回お節介だなという印象しかなかったけれど、ついにこのお節介に乗っかる日がやってきたのである。

が、ページをめくってみてもどうにもピンと来ない。まず多いのが、「自分のいいところを書き出してみる」というやつ。自分を好きになる方法がわからないっつってるのに、その解決策が自分のいいところを見つけてみるって「は? 日本語通じてますか?」感が半端ない。朝、時間通りに起きられた。そんな自分に花丸をあげてみよう、みたいなことが書いてある。幼児かよ。なんだろう、この、大人に向かって全力の笑顔で『はみがきじょうずかな』を歌われているような逆撫で感。思わずページを破りそうになった。

ダメだダメだ。こういうひねくれた性格が良くないのである。要は、些細なことでいいから、自分を褒めていくという戦法なんだろう。だけど、その思想から透けて見えるポジティブ信仰に、「頑張る」を「顔晴る」と書く人に対するようなイライラが湧いてきてしまう。

でも実際、このネガティブな性格に問題があるわけだから、もっとポジティブになってみるのは大事なことかもしれない。じゃあ、ポジティブになるためにどうすればいいんだろうと思ってググってみたら出てきたのが、「その日あったいいことを書き出してみる」だった。なんかもうデジャヴ感がすごい。完全に無限ループに入った感じがする。しかし、ここで文句を並べていても前進はないのである。まずはなんでもやってみることが大事。そう言い聞かせて、手帳を買い、日付のマスにその日あったいいことをメモしてみることにした。たとえば、こんな感じである。

「○月×日　卵焼きが綺麗に巻けた」
「○月△日　チョコパイの9個入りが258円で売ってた」
「○月□日　洗濯物がお昼過ぎにはもう乾いていた」

「○月◎日　スーパーのレジが空いてた」

「○月◇日　耳掃除をしていたら、大きめの耳垢がとれた」

……地味だ。わからない。こんなことを繰り返していて、本当にポジティブになれるのだろうか。最後のあたりとか、無理やりひねり出した感が尋常ではない。なんだ、耳垢って。そんなもので幸せになれるなら、いくらでも耳の穴かっぽじりたい。むしろやればやるほど自分の人生に劇的なことがまったくないことに気づいて、うっすらとみじめな気持ちさえしてくる。こういうので前向きになれる人はそもそも気質が前向きなのではないだろうか。


もう少し僕に向いている別の方法がある気がする。そこで、もう一度、自分を好きになる方法をいろいろと調べてみた。次によく目につくのが、「日々の目標を設定する」というやつ。だいたい向こうの戦略がわかってきた。要は、行動や習慣を変えることで思考を変えさせたいのだろう。こうやって相手の狙いを読もうとする時点で、もう全然気質に向いていない気がするけど、成功体験を積むことの重要性は僕にもわかる。自己肯定感を育む上で筋違いには思えないので、トライしてみるだけの価値はありそうだ。

しかし、日々の目標と言っても案外浮かんでこない。わかりやすいのが、○時までに仕事を終わらせるといった類いのやつだろう。ゴールも明確なので、達成感も得やすい。そこで、普段は漫然と書いていた原稿を、この時間までに書き上げるという目標時間を決め、タイマーをつけて取り組んでみることにした。確かに仕事の効率はグッと上がった。ゲーム感覚でお楽しみ要素もある。が、それをクリアできたからといって自己肯定感に作用しそうかと言われると謎だ。そんなことを言ったら、『ぷよぷよ』とか『テトリス』をやっているだけで自己肯定感は爆上がりしているはずである。もしかしたらジャンルがあまりにも仕事に寄りすぎているのが良くないのかもしれない。もっと生活に関わる目標の方が効果も期待できそうだ。

そこで今度は、丁寧に暮らすという目標を掲げてみた。その頃の僕は仕事が忙しく、かなり生活がおろそかになっていた。丁寧な暮らしなんて流行りのワードだし、よくわからないけど『リンネル』あたりに載っている感じがしてオシャレっぽい。ミーハーな僕にとってはキャッチーでちょうどいい気がする。すっかり乗り気になって、ちゃんと盛り付けにもこだわるために食器を新調してみたり、ベッドカバーを少しいいものに替えてみたり、気分が上がりそうなことを手当たり次第にやってみた。

中でもハマったのが湯船に浸かることだった。当時、僕はお風呂を毎日シャワーだけですませていた。だけど、それでは健康にも良くない。しっかり湯を張り、全身を温める。血行が良くなれば気分もスッキリしてメンタルヘルスにもいいかもしれない。お風呂にタブレットを持ち込んで、１本ドラマを観終えるまで、きっかり45分、湯船に浸かるという生活を始めてみた。

これはそこそこ効果があった。やっぱり体は嘘をつかない。副交感神経が活性化して身も心もリラックスする。おかげで１日の充実感が違うのだ。ついでに風呂上がりはクリームを塗って、ずっとサボっていたかかとケアに勤しんでみたり、シートマスクを貼って肌がぷるぷるになる楽しさにひとりほくそ笑んでみたりもした。これがセルフケアというやつかと、ようやく僕も自分を大切にするという境地にふれたような気さえした。

しかし、これにはこれで大きな問題があった。要は、続かないのである。仕事が忙しくなってくると、とてもではないけれど、１日に45分も湯船に浸かっている時間などとれない。ましてやかかとにクリームを塗ったり、シートマスクを貼ったりしている時間があるなら、とっとと寝たい。セルフケアの精神も、睡眠という人間の本能の前ではまるで無力だった。

ならば、毎回45分なんて決めなくていい。5分でも10分でもいい。無理なく続けられる範囲でやってみたらいいよという話なのだろうけど、ここでややこしいのが、僕はものすごい面倒くさがりであると同時に、そこそこに完璧主義なのだ。やるからにはきちんとやりたいという変な生真面目さがハードルとなって、45分入れないならシャワーでいいやと見切りをつける日が増えた。そうして湯船に浸かるという日々の目標はすっかり未達で終わるようになり、いつの間にか目標を設定するという目標さえ忘れる始末。丁寧な暮らしはもはや見る影もなく、袋入りラーメンを器に盛らず鍋のまま食べるという雑な暮らしに逆戻りしていた。

丁寧な暮らしは、確かに自己肯定感を高めてはくれそうだ。だが、丁寧な暮らしを続けるには、僕の性格は合わなすぎる。打つ手を失ったような気持ちになりながらも、縋《すが》りつくようにまた「自分のことを好きになる方法」を調べてみると「完璧主義をやめる」という項目があった。もう完全に踊らされているなとわかりつつも、今度は「完璧主義をやめるには」で夜な夜な検索するのだった。

人は好きだと思ってた

結局、僕のこの自分嫌いの原因を辿っていくと、根っこにこびりついているのは人に対する苦手意識だ。人にどう見られているかが気になるとか、人に不快に思われたらどうしようとか、他者からの目線にオロオロとうろたえるあまり、自分を責めたり、とる行動が全部裏目に出て自己嫌悪に陥ってしまう。ならば、もっと対人スキルを磨けば、堂々と胸を張って生きていけるのではないか。そんな仮説を実行してみたこともあった。

真っ先に思い出すのは、20代半ばの頃。僕はなぜか陽キャキャンペーンなるものを張っていた。当時の言葉で言うなら、リア充になろうというやつである。いかにも陽キャがやるような趣味にトライしてみたり、陽キャが集まるような場所に出かけてみたり。1個の腐ったミカンが箱の中のミカンを腐らせてしまうのであれば、逆に大量の陽キャに囲まれれば、陰キャの僕も陽キャに染まれるかもしれない。朱に交われば赤くなる。郷に入っては郷に従えである。

ということで、陽キャの友達にお願いし、クラブに連れていってもらった。よくわからないけど、あの頃の僕はクラブに行きさえすれば陽キャになれるという、クラブからすると荷が重すぎる思い込みをしていたのだ。ただ、実際のところクラブは本当にギラギラとした男女の集まりで、やたらと低音の効いた音楽に合わせて、知り合いでもない男と女が密着して踊りまくっていたので、クラブ=陽キャは、ある程度、統計に基づいた偏見であったようにも思う。朱に交われば赤くなる。ここで僕も腰をくねらせ踊り狂えば、きっと陽キャとパーティーピーポーな夜を過ごせるに違いない。そう意気込んでダンスフロアへ降り立った。

が、合コンさえままならない僕がそんなクラブのノリについていけるわけがなかった。確かに朱に交われば赤くなるだろうけど、僕が黒ければ、どんな朱も太刀打ちできない。なんというか、種族が違うのだ。妖艶に全身をしならせる陽キャたちに対し、僕のそれは伝説の井森ダンスに近似値だった。明らかに浮いている。実際、陽キャたちは僕のことなんて気にしていないのだろうけど、場違い感がすさまじくて、フロア中にいる全員から後ろ指を差されているようないたたまれなさがあった。

気だるい熱狂につまはじきにされた僕は、隅っこでチビチビと酒をあおる。それを見た友人が「踊ろうよ」と腕を引っ張ると、「こんなところに集まるやつはみんなビッチだ」と悪態までつき出すありさま。自分から頼んでおいてこの言い草である。つくづく性格が悪すぎる。

それでもめげずに陽キャな趣味を持とうと、スキューバダイビングのライセンスを取ったこともあった。そしてこれまた陽キャの友人（なぜか友達は陽キャが多い）と2人で沖縄までダイビング旅行に繰り出した。目的地は、東洋一のダイビングスポットとも誉れ高い慶良間諸島。那覇からだと船で1時間くらいかかる。同乗するのは、同じダイバーたち。道中はダイビング話で盛り上がることもあるだろう。きっとここでなら新たな陽キャ仲間も見つかるかもしれない。期待に胸を膨らませ、いざ慶良間諸島へと旅立った。

が、同行した友人がすっかり参加者たちの輪に紛れ込み、盛り上がっているのに対し、僕は絵に描いたようなぼっちだった。陽キャのコミュニケーション能力は恐ろしい。5分前までは赤の他人だったのに、もうすっかり竹馬の友みたいな顔で肩を小突いたりしている。メロスとセリヌンティウスかよ。

なんなら僕は仲良しの友人をどこの馬の骨ともわからない陽キャたちに奪《と》られたような気がして、若干スネてさえいた。心の底から面倒くさい男である。船のデッキで友人が見知らぬダイバーたちと話しているのを、隅で恨めしそうにじっと見ているだけ。友人がその視線に気づいて、「お前もこっちに来いよ」と誘ってくれているのに、なぜか依怙地になって「いい。こっちの方が気持ちいいから」と風に当たっているクールな自分を演じてさえいた。そんなことを僕がしても誰もスナフキンだとは思ってくれないのに、頭の中ではパイプをくわえながらギターをつまびくスナフキン良明がそこにいるつもりなのだ。

しかも、運の悪いことにその日は風が強く、途中から海が荒れはじめ、デッキの隅で孤独な自分を装っている僕に向かって、容赦なく大波がスプラッシュしてきた。大量の水しぶきを顔面に喰らう。しかし、ここで引くわけにはいかない。僕は誰とも仲良くなれないからこんな隅っこにいるのではなく、風に当たりたいからここにいるのだ。水しぶきごときでおめおめと尻尾を巻いていたら格好がつかない。誰になにを言われても「こりん星から来た」と言い張っていた初期の小倉優子のように、僕は何度豪快に波に打たれようと決して微動だにせずスナフキン良明というキャラを守り続けた。当然、船から降りた後、友人から「お前、他の人らから『あの人大丈夫？ ずっと波に打たれてるけど……』って言われとったで」と苦言を呈されたけれど。スナフキン良明は、ただのずぶ濡れぼっち妖怪だった。

こうした迷走も20代のうちなら笑い話ですむ。本当に恐ろしいのは、30代になっても引き続き迷走に迷走を重ねていたことである。恵比寿に住んでみたり、サウナに通ってみたり、思いつきのように陽キャっぽいことをしては失敗を繰り返していた。学習能力がChatGPTとは雲泥の差である。

だが、そういう失敗を繰り返して、最近ようやく気づいたことがある。きっかけは、友人の多拠点生活だった。同じライター業を営む彼女は、東京にいるのは月に1週間程度。残りの期間のほとんどを全国各地で過ごしていた。そして、同じ宿で知り合った旅仲間と交流を深めたり、現地の酒場に顔を出しては大将やママからひどく可愛がられていた。年を重ねると、自分のポテンシャルを見誤るのか、無駄に行動力だけ上がる。ブログを通じてその様子を見ていた僕は、僕も旅をしたらなにか変わるかもしれないと、早速多拠点生活を取り入れてみることにした。

しかし、所詮他人の真似をしてみたところで猿真似にもならない。知らない土地にやってきた僕は、まず交流の場を持とうと酒場の開拓から始めてみた。こういうのは、個人経営の、ちょっとさびれたくらいの店構えの方が大将との距離も近そうだ。そうアタリをつけてみたものの、暖簾をくぐってみたら思ったよりも大将が高倉健に寄ったタイプの人で、まるで会話がはかどらない。店の選択を間違えた。さびれた酒場も悪くないけど、もっと自分と同世代の主人がやっているような店の方が、お互いフランクに話しやすいかもしれない。

ということで、次の日はいかにもちょっと若そうな店をチョイスしてみたけど、それはそれで今度は常連客が大盛り上がりで一歩も輪の中に入っていけなかった。きっと酒の力を借りようとしたのが良くない。ただでさえ酒は気を大きくさせるんだから。陽キャと酒はサンポールとカビキラーくらい混ぜるな危険である。もっとシラフで仲良くなれる場所を見つけたらいいと思い直し、今度は宿をゲストハウスにしてみた。

部屋は8人同室のドミトリー。寝床は2段ベッドだ。これだけ距離が近ければ、問答無用で親交も深まるはず。ついに最後のカードを切るようなつもりでゲストハウスにやってきたが、目論見はまったくうまくいかない。同室の宿泊客に「こんにちは」と勇気を振り絞って挨拶してみたものの、遠慮がちに目礼が返ってくるだけで終わった。え？　まさかのシャイ？　交流用のダイニングスペースでこれ見よがしにご飯を食べてみても、みんな足早に通り過ぎていくだけ。完全に、みんなが机を寄せ合う中、ひとり小島で弁当を広げる昼休みのあの感じだった。まさかあの侘しさと気恥ずかしさを大人になってから味わうとは思わなかった。

しまいには、明くる朝、財布が見つからなくて荷物を広げていたら、上のベッドの人から「すみません。もうちょっと静かにしてもらえますか」と注意された。唯一の交流が、まさかの叱責だった。

そんな一向に誰とも仲良くならない多拠点生活をやってみて出た結論は、人がいないところがいちばん落ち着くということだった。酒場に繰り出したときよりも、ゲストハウスで声をかけられるのを待っていたときよりも、ぶらぶら散歩をしている中で見つけた誰もいないダムの上の貯水池でのんびり景色を見ているときがいちばん心が安らいだ。自分らしく息を吸えている気がした。そして思ったのだ。僕、人が好きではないなと。

「人が嫌い」なんて口にするのは、すごく傲慢なことだと思っていた。みんなそれぞれ違う人間で、それぞれ美点もあれば欠点もあるのに、すべて「人」と一緒くたにして「嫌い」とぶった斬ってしまうことに、自分だけはそういう連中とは違うんだという浅はかな選民思想が垣間見えるし、なにより暴力的だ。「人が好き」と澄んだ目で言い切ることはできなくても、せめて「人が好き」と言える努力をするべきなんだと長らく自分に思い込ませていた気がする。

でもその鎖を一度解いてみようと思った。自分が、どうしても人を好きになれないことを事実として一旦受け止めてみる。その上で、どう人と関わっていくのかを考える。人を好きになろう人を好きになろうと、無理して自分ではない誰かを装ったって行きづまるのは当たり前。むしろジタバタとあがけばあがくほど、どんどん糸がこんがらがっていくようだった。結局、人は誰かになんてなれないし、自分を変えることだってできない。それよりも、人を好きになれない、人とできるなら関わりたくない僕が、人が嫌いなまま世界と一緒に生きていく道を考えることが、すなわち自分を認めることなんじゃないだろうか。そう考えたら、なんだか急に体が軽くなった気がした。今この瞬間に細胞が入れ替わったことを、なぜか肌感覚で実感できた。

誰もいない貯水池は、風の音だけがやたらと響く。そうか、風って音がするんだなと、ごく当たり前のことに僕はとても新鮮に驚いていた。目を閉じて耳をすませてみる。すると、風が鳴くその向こう側で、ずっと解けなかった知恵の輪がようやくカチャリと音を立てたような、そんな気がした。

第4章

自分が嫌いなまま生きていってもいいですか

長い復讐の結末

改めてだけど、どうして自分のことを嫌いだと、あんまりいいイメージがしないんだろうか。特に世論調査をしたわけではないけれど、肌感として自分のことを好きな方が良いものとされている気がする。かく言う僕だって、まあ好きになれるならそっちの方がいいいんじゃない？　くらいには思う。何事も前向きな方が推奨される世の中なのだ。

一般的に、自分が嫌いというのは後ろ向きな考えと見なされている。自分を嫌いと言ってる人はあんまり幸せそうに見えないし、健やかそうにも見えない。ただ、そこで言わせていただくと、個人的に健やかではないという自覚はあるが、自分のことを不幸せだとは思っていない。生きてるだけで今日もハッピーだなんて底抜けに陽気な人間にはどうあがいても今世ではなれそうにないけれど、死ぬチャンスはいくらだってあった人生で、それでも今日まで生きのびたことはまあまあ良かったというか、「自分、ナイス判断」くらいの気持ちはある。

たぶんそれは自分のことは肯定できなくても、他の肯定できるものを見つけられたり。自分に対する強い忌避感からは逃れられなくても、それ以外の自分を不幸にする思い込みや呪いから解き放たれることができたからのような気がする。

だからここからは自分が嫌いでも人は楽しく生きていけるという願いを込めて、ここ数年の自分のことを書いてみようと思う。「こうやったら幸せになれた！」なんてことを書くつもりはない。「人生を楽しくする10の方法」みたいなライフハックも残念ながら提供はできない。日々迷って、悩んで、すっ転んで、「世の中なんてクソだ！」と「それでも、時々、人生は面白い」を行ったり来たりしている僕の心の記録。そんなふうに読んでもらえたらうれしいです。

わりと真面目な話、長らく僕の生きるモチベーションは「復讐」だった。何に対してか。自分をバカにしてきた人たち――具体的に言うと、小中時代の同級生を見返すことが自分の原動力になっていた。

あの頃の僕は、見た目とか、家の経済事情とか、自分の力だけではどうしようもできない、持って生まれたものだけで格付けが決まる狭い社会にほとほと愛想が尽きていた。早くここから抜け出したい。努力と能力で順位をひっくり返せる世界に行きたい。そこで自分の価値を証明したい。ずっとそれだけを考えて、耳障りな嘲笑がざわめく教室で、淡々と爪を研いでいた。

そういう意味でも、僕は早く大人になりたい子どもだった。「ここでできた仲間は一生の財産になる」と新学期のホームルームで熱弁する担任教師を見ながら、「時と場合による」と注釈をつけたがる子どもだった。

なので、小中の頃の友人とは一切付き合いがない。上京するタイミングで綺麗さっぱり身辺を整理し、ひとりとして連絡先は残っていない。僕にはもう必要のないものだったし、むしろあの街とのつながりを絶てたことに解放感すらあった。ただ、親は変わらず地元で暮らしていたので、盆や正月といったタイミングで帰省することはわりと頻繁にあった。彼と再会したのは、そんな年の瀬の夜のことだった。

古い平屋建ての実家は風呂がないので、帰省中は銭湯に行かなければいけない。家に浴室がある暮らしにすっかり慣れた僕は、わずらわしさをべったりと引き連れながら、風呂桶にシャンプーやら石鹼やらを入れて、近所の銭湯に向かった。

子どもの頃からずっと通っていた銭湯。いつも番台にいた愛想の悪いおばちゃんは、何年か前に亡くなったらしい。行きがけにそんな話を小耳に挟んだ僕は、少しだけ感傷的な気分になりながら暖簾をくぐる。あの頃と何も変わらない脱衣所。裸で座るとお尻がチクチクする籐製の椅子と、読み古しの『少年ジャンプ』。不意にこみ上げる「懐かしい」という想いが苦い記憶まで連れてきそうで、蓋を閉じるように僕はそそくさと服を脱いで、ロッカーに鍵をかけた。

浴場は、白い湯気がゆらゆらと揺れて、ガラス戸を開けた瞬間、待ち構えていたみたいに水蒸気が顔にぶつかってくる。僕は空いてるカランを見つけ、腰を下ろす。とりあえず蛇口をひねって、頭からシャワーを浴びていると、隣から窺うような声が聞こえてきた。

「よっちゃん……?」

シャワーで半分開かない目で横を見ると、自分と同じ年齢くらいの男性が隣に座っていた。

「おお。やっぱりよっちゃんやん。久しぶり!」

まるで石鹸の泡みたいに男の声が弾ける。少し鼻にかかった高めの声。笑うと線になる細い目。よく覚えている。彼は、中学の同級生だった。

不意をつかれながら、僕はなるべく喜んでも驚いてもいないような声色を探って「ああ」と短く返事をする。中学を卒業して以来だから、ゆうに20年ぶりの再会だ。彼があの頃とほぼ変わっていないことに少し呆気にとられながら、でもひと目で僕と認識したということは、僕も相当変わっていないんだろうなと思い直す。彼は声を弾ませながら「めっちゃ久しぶりやん」と繰り返す。そこに侮蔑の色はない。親しい旧友との邂逅を本気で喜んでいるようだった。その混じり気のない好意に、僕は拍子抜けした。どうして彼はこんなにも無邪気に振る舞えるんだろう。

あの頃、僕を面白おかしく笑っていた連中の主犯格ではない。でも、その傍らで悪ノリしていた取り巻きの1人であることは確かだ。特徴的な細い目が、バカにしたようにいやらしく線になるのを何度も何度も見てきた。大人になってもまるで変わらない彼の顔を見ていたら、黒いコウモリの羽がはためくように、僕の胸がザワザワと音を立てる。

隣で体を洗いながら、彼はよくしゃべった。工場で作業員として働いていること。折からの不景気で、年明けの2月に契約を切られること。こんなことになるなら、せめてクレーンの資格でも取っておけばよかったこと。笑いとため息を混ぜながら、近況報告という名の愚痴と恨み言をこぼした。

勝った、と思った。職業に貴賤はない。そんなことはもちろん頭ではわかっている。でも、心の、とても正直な部分が小躍りしているのがはっきりわかった。

「よっちゃんは、なにしてるの?」

彼はまた目を線にして僕に話題を向けた。僕は、自分の中に芽生えた加虐心を見破られないように必死でなだめながら、「フリーライター」と答え、先日取材した有名人の名をいくつか並べた。彼は、そのラインナップに「すごい」とわかりやすく感激し、それ以外の言葉を知らないかのように、その後も何度も何度も「すごい」と連呼した。そこに、僕が期待したような劣等感の影はまるでなかった。

間違いなく僕にとっては最高の「復讐」の場のはずだった。子どもの頃、下に見ていた同級生が大人になって狭い地元を出て東京で華々しく活躍している。もし僕が逆の立場だったら胃がひっくり返りそうになるくらい悔しい。なのに、彼は陰湿な影をひとつも見せないで、まるで自分が手柄を立てたみたいに喜び、「取材ってどんな感じなん?」と熱心に話題を広げようとしてくれている。

反対に、そうやって彼が持ち上げようとすればするほど、僕は自分の乗っている神輿がいかに安物かを思い知らされているみたいだった。濁りのない尊敬の眼差しを向けられるたびに、全身を満たしていたはずの優越感が一枚また一枚と剝がれ落ちる。痩せ細った不健康な裸体だけが空っ風に晒されるようだ。

あんなに夢見た「復讐」をようやく果たしたはずなのに、僕の自尊心が満たされることはまったくなかった。

あの温度差の理由は、卑屈に嫉妬にかられるほど、彼にとって僕が重大な存在ではなかったからだろう。もしかしたら子どもの頃から僕が思うほどには下に見ていたわけでもなかったのかもしれない。彼もまた教室というパワーゲームの中で自分なりにバランスをとっていただけで、自分が「復讐」の対象になるなんて思ってもみないことだったんだと思う。

僕を前にしてなんの悪意も後ろめたさも感じられなかったのも、たぶん彼にとってはしこりになるようなことでもなんでもなかったからだ。僕が抱いた劣等感も、みじめさも、すべて子どもの頃の楽しい思い出として上書き保存されているようだった。それほど彼にとっては些細な出来事だったのだ。だから、僕がいくらマウントをとろうが、それをマウントとすら感じなかった。その事実に別の悔しさが湧いてくると同時に、でも彼の感覚の方がおそらく正しいんだろうとあきらめに似た冷静な感情が広がっていく。

もう20年も前のことをいつまでも根に持ち、いつか見返してやろうなどと牙を磨いていた自分が執念深すぎるだけ。必死になってエンジンを吹かして、しゃにむにアクセルを踏んで、周回遅れにさせたつもりでいたけど、そもそもそのレーシングコースには誰も走ってなどいなかったのだ。ただ僕が勝手に仮想敵をでっち上げて、哀れなひとりレースを演じていたに過ぎない。みんなとっくに別のサーキットに移動して、自分の人生を楽しんでいる。いや、そもそももう人生をサーキットだとさえ思っていないのかもしれない。幸せも成功も人と競うものではないということに気づいていないのは、僕だけだったのかもしれない。

この仕事を始めたときにペンネームを使わなかったのも、いつかどこかで旧友が気まぐれに検索して、僕を見つける日が来たらいいなと思ったからだ。そのときに、インターネット上に溢れる僕の情報を見て臍《ほぞ》を噛んでくれればいいと思って、実名で仕事をすることにした。でも、もうとっくに答えは出ている。誰も僕の名前など検索すらしない。彼らにとって僕は可哀想な被害者ですらない。思い出すことさえない無名のモブだったのだ。

「じゃあ」と短く別れを告げて、彼は先に洗い場から出ていった。残された僕は湯船に身を沈めて、体が溶けていくように足を伸ばした。胸の中には、虚しさと呆気なさがちょうど半分こ。それを拾い上げるように、僕は湯船のお湯をすくい、顔にかけた。そして、もう「復讐」というガソリンではこれからの人生を走っていくことはできないのだろうなと予感した。
人にマウントをとったり、すごいと褒めてもらうためだけに生きていても、僕の満たされなさはきっと埋まらない。もっとちゃんと自分で自分を幸せにしてあげないと、僕は一生みじめだった少年時代を呪い続けることになるのだろう。そのためになにが必要かなんてわからないけど、少なくとももう何十年も前のことをいつまでも恨み続けるのはやめなければいけないとは思った。「復讐」は間違いなくここまでの僕を支えてくれたし、その気持ちがあったからいくつものハードな仕事を乗り越えられたけど、そんなドーピングをしなくても頑張れる人間になることが、これからの僕には必要なのだ。

風呂から上がって脱衣所で体を拭いていると、マットを取り替えに来た風呂屋の主人が「おお、にいちゃん、久しぶりやな」と声をかけてきた。もうとっくに捨てたはずのこの街のそこかしこに、やはり僕の断片は残っているらしい。そのことがわずらわしいような、ありがたいような、不思議な感覚だった。鏡の前に立つと、そこにはみすぼらしい体の僕がいる。年齢相応に老けたところはあるけれど、顔ははっきりと中学生の頃の僕そのもので、これは確かに彼もすぐに気づくよなと少し笑った。そして、ふっと「よっちゃん」と声をかけてくれた彼の顔を思い出す。

いやらしいと思い込んでいた、笑うと目が線になる彼の顔は、よく見るとあどけないえびす顔だった。

陽キャのハットリ

なぜだか知らないけど、友達は陽キャが多い。書いてすぐさま訂正する。なぜだか理由はわかっている。それは、僕が陰キャだからだ。人に連絡先も聞けない。自分から遊びに誘うのも「僕なんかが時間を奪っては迷惑……」と腰が引ける。そんな性格なので、同じような思考の人とはどんなに気が合ってもお互い腰が引け合っているので一向に仲が深まらないのだ。

その点、陽キャは人との壁がない。こちらに気負いを与えず連絡先を聞いてくれるし、フランクに遊びにも誘ってくれる。コミュニケーションにおける心理的安全性がめちゃくちゃ高いのだ。だから、こんな僕でも打ち解けられる。仲良くなるために必要なのは、気が合うことよりも、この人は自分を受け入れてくれているという確かな実感なんだと思う。

そんな陽キャの友達の中で、とりわけ陽キャなのがハットリだ。彼女と出会ったのは22歳のとき。新卒で入社した番組制作会社で同期のひとりがハットリだった。中でも僕とハットリは同じ番組に配属されたこともあり、わずか8ヵ月で終わった僕のAD生活のほとんどをハットリと過ごした。

とにかく明るく、さっぱりとしていて、人とすぐさま仲良くなれるハットリは、上司からも気に入られていたし、ロケバスの運転手や他の制作会社のディレクターなど仕事関連の人からも抜群にウケが良かった。しかもハットリのすごいところは、そこに嫌味がないことだ。いい人ぶるわけでもないし、鼻にかけるわけでもない。あけっぴろげで裏表がないから、妬みを買うこともない。まさに僕からすると生きている世界が違う人なのだが、ハットリ自身はどこの世界の住人だとかをまったく気にする人間ではないので、性格が違うなりになんだかんだと仲良くなり、お互い会社を辞めたあとも交流は途絶えることなく続いた。

ハットリは放送作家に転身し、20代前半で結婚。20代のうちに2児をもうけた。しかも、出産直前までバリバリと仕事をし、この間、産んだばっかりだよねと思わず確認するくらいのスピードで職場復帰。キャリアを途切れさせることなく、不規則な生活を強いられることの多い作家業をバリバリとこなしていた。そして、子どもを抱えながらもよく飲んだ。いつも一緒に飲んでいても、僕の方がさっさと潰れて眠りこけるのがお決まりだった。もう18年酒を酌み交わしているけど、いまだにハットリが飲み負けしたことがない。とにかく気持ちいいくらい馬力のある女なのだ。

そんなハットリと一度だけ言い争いになったことがある。ちょうど1年くらい前。いつものようにハットリの家でダラダラと飲んでいた。もうかなり夜も深くなっていて、血液の半分はアルコールなんじゃないかと思うぐらい酒も回っていたので、前後の脈絡を正確に思い出すことはできないのだけど、なにかのきっかけで希死念慮の話になった。

昔ほど積極的に死にたいと思っているわけではないけれど、僕はわりといつ死んでもいいと今も思っている。一方、ハットリはそんなことは言っちゃいけない、だって生きたくても生きられない人もいるのだからというタイプの人間だった。僕はこの手の説得があまり好きではない。なぜなら、その人と僕は別の人間であり、生きたくても生きることのできなかった誰かの無念を背負ってまで、僕が生きることを強要されるのもずいぶんと勝手な話だなあと鼻白んでしまうからだ。たぶんそういうひねくれた性格が顔を出したのだろう。僕は「ハットリには弱い人間の気持ちがわからない」と言った。

若くして結婚して、子宝にも恵まれ、仕事もこなし、人生設計は極めて順調。人付き合いも上手で、近所のママ友やパパ友ともワイワイ家飲みができる性格だ。そんなハットリを妬ましいと思ったことはないのだけど、ハットリは自分とは違う「陽キャ」で「強者」だと線引きしていた部分があったのだろう。ほとんど言いがかりみたいな僕の絡み方に、ハットリも引き下がりはしない。「別に私だって楽に生きてるつもりはない。だけど、辛く生きてるつもりもない。同じ事柄でも受け止め方次第で変わるんだから、あまり真面目に考えすぎないように、引きずらないようにしているだけだよ」と言いながら、「私だって努力はしている」と付け加えた。

するると、まるで僕は急所を見つけたみたいに得意げに「努力できることも恵まれている証拠なんだよ。世の中には努力ができない環境の人もいる。そういう人のことも考えなければ」ともっともらしく説き伏せようとした。こうやって書いていても嫌な人間だなと思う。自分の不幸や不遇を盾にして他人を加害者に仕立てようとすることほど浅ましいことはない。あのときの僕はそんなことも気づかずに、自分の正しさに酔って、こう断言した。

「結局、ハットリの言ってることは強者の論理。生存者バイアスがかかってるんだよ」

生存者バイアスとは、成功事例のみをデータとして採集した結果、視点やジャッジに偏りが出ることを言う。転じて、今はいじめやハラスメントといったさまざまな困難や理不尽に耐え抜いた人間が「あのときの辛い経験も自分には必要だった」と出来事を過剰に美化したり、「自分も耐えられたんだから他の人も耐えられる」「大したことではなかった」と過小評価したり、なかったことにするときに、生存者バイアスという言葉が用いられる。そのときのどの会話を拾って、ハットリのことを「強者の論理」「生存者バイアス」とぶった切ったのかは正確に覚えていないのだけど、要するに死にたい人間の気持ちがわからないというハットリの健全な強さを「生存者バイアス」だと見なしたのだろう。当然、ハットリだって怒るに決まっている。

「そんなことを言われて、じゃあ私はどうしろって言うの。恵まれていたら、なにも言っちゃいけないってこと?」

本当に愚かな話なんだけど、僕はハットリにそう言われて初めて気づいたのだ。「強者の論理」とか「生存者バイアス」とか流行りの言葉を使って弱者のふりをしたら、強い人間の口を封じられると。なんでも持っているあなたには持っていない人の気持ちなんてわからないんだから、大人しく嫉妬のサンドバッグになっていればいいと心のどこかで思っていた自分の傲慢さをそこでようやく自覚したのだった。

ずっと自分は差別される側の人間なんだと思っていた。誰も見向きもしない、粗悪品のできそこない。だから、石を投げてもいいし、踏みつけてもいい。そんなレッテルを周りから貼り付けられてきたと僻《ひが》み続けてきた。

でも、レッテルを貼っていたのは僕の方だったのだ。明るく楽しく幸せそうに生きている人を見たら「陽キャ」とラベリングし、あの人たちはいろんなものを持っていていいなとやっかみながら、どこかで野蛮で空疎な種族だと唾を吐く。一方、自分と同じように負のオーラを漂わせた人間を見つけると「陰キャ」と仲間意識を高めては、傷を舐め合って悦に入る。本当は陽キャも陰キャもこの世にはなくて、人にはそれぞれ明るい部分と暗い部分が両方あって、局面ごとに明るい部分が強く出たり暗い部分が印象的に見えるだけであって、そこで人間の価値など決まるはずもないのに、「陽キャ」「陰キャ」と分けることで自分を安心させたがっていたんだと思う。

でも、そんな思い込み自体が、自分を不幸にする呪いなのだ。陽キャと一括りにすることで、目の前の人が持っている独自の癖や個性を見落としてしまうことは重大な人生の損失だし、明るさの陰にある弱さや繊細さ、努力や苦労をないものとしてしまうことは、人として不誠実だ。しかも、10代の中高生が言ってるならまだしも、大の大人がいつまでもそんな括りで人を決めつけたり、自分を縛りつけたりしているのは、あまりにも格好悪い。僕はハットリに怒られたことで、そんな当たり前のことにやっと気づけた。僕を不自由にさせているのは、僕自身だったのだ。

今でもいわゆる陽キャっぽい人を見ると、つい身構えてしまう。特に僕の仕事は、生まれ持って華やかな人と接することが多い。その陽のオーラに気圧されてしまうことはしばしばあるし、ヘアメイクさんやスタイリストさんといったいかにもオシャレな職業の人たちと一緒にいると、僕の吐いた二酸化炭素を吸わせてしまって誠に申し訳ございませんくらいのスタンスには普通になる。こびりついた性根はそう簡単に洗い落とすことなんてできない。

それでも、この人に自分の弱さなんてわからないと拒むような気持ちにはもうならないし、この人ももしかしたら部屋に落ちてる抜け毛を並べて謎の模様をつくるみたいなひとり遊びを夜な夜なやってるのかなと想像が膨らむぐらいの愛着は寄せられるようになった。明るくて強い人がみんな自分を攻撃してくる人ではないということを、40歳を前にして実感として理解できた。それは、僕にとってちょっと高めのケーキを買って帰りたいぐらいのお祝いごとだった。

先日、この話をエッセイにすることを許可してもらうため、ハットリと電話をした。ハットリもこの夜のことはよく覚えていたけれど、お互いどういう話の流れからそんな展開になったのかを思い出せなくて。というか今日に至るまでそれこそ数え切れないほどの量のお酒を2人で飲んできたけれど、いつも「飲んだ」ということは覚えているものの、なにを話したかはまったく記憶になくて、一緒にできる思い出エピソードの薄さにちょっと笑った。

「それにしても私を陽キャだと思っているなんて、よっこんは私のことを全然わかってないね」と、彼女はダメ出しをした。もう20年近い付き合いになるけど、まだ僕はハットリの正体をよくわかっていないらしい。「というか、よくこんなことを言われて僕との縁を切らなかったね」と僕が感心していると、「ま、酒の席だしね。時間が戻るわけじゃないし、しょうがないよね、お酒のせいだね」とあっけらかんと笑い飛ばした。

そんな明るさを目の当たりにして、僕は「やっぱり陽キャはすごい……」と思うのであった。

川を越えていけ

「ごめん。ヨコのこと、結婚式には呼べないんだ」

そう申し訳なさそうに切り出されたのは、確か20代終わりの頃。目の前の彼女は、拝むように両手を合わせ、僕に謝った。彼女は、もうすぐ結婚する。その式に、僕は呼べないという謝罪だった。

彼女とは、ADを辞めたあと、勤めていた営業会社で知り合い、そこから仲良くなった。何事も適当で、細かいところは気にしない性格が心地よく、彼女ともう1人同じ会社の同僚の女友達がいて、よく3人でお泊まり会をした。セミダブルのベッドに女2人男1人が一緒に寝てもなにも違和感がない。そういう型にはまらない付き合いが、僕は好きだった。

そんな型にはまらない彼女も、結婚となると型にはまらざるを得なかったようだ。新婦が男友達を呼ぶなんて非常識だと誰かから言われたらしい。いつも3人一緒だった僕たちだけど、彼女の結婚式にはもう1人の女友達だけが参加することになった。

大人になったと感じる瞬間は人それぞれだと思うけど、あのとき、僕はうっすらと「これが大人になるということか……」と思った。独身の頃は、自分の価値観と良心に従って生きていけばいい。でも、家庭を持つと違う。パートナーや、パートナーの家族の価値観も考慮しなくちゃいけないし、社会や世間からの見え方にも気を配らなくちゃいけない。どんなに僕たちがただの友達と言い張っても、ベッドで一緒に眠るような距離感の男友達が好ましく思われないのは、大人の世界では当然だった。

大人になると、いろんなことが変わる。もちろん自分自身も変わるのだろうけど、実感としては自分の性格がどうこうというよりも、取り巻く環境の変化によって変わらざるを得ないという方が近い。特に大きいのは、やっぱり結婚だ。友人が結婚した途端、同じ地平に立っていたはずの両者の間に深い川が横たわる。そして子どもが生まれると、さらにもうひとつ川が入り、いつしか僕たちは未婚だとか既婚だとか子アリだとか子ナシだとか、いろんな属性で仕分けられ、それぞれ向こうの陣地には安易に踏み込まないように気を揉んだり顔色を窺ったりしながら、時々思い出したように友達の顔をしなければいけなくなる。

「やっぱりみんなそれぞれライフステージがあるからね。環境が変わると、どうしたって会話が合わなくなるし。だから、その間は距離をとるのがいちばん。またいつか時期が来たら気兼ねなく付き合えるようになるから、それまでは同じライフステージの者同士でつるんでた方が平和じゃない？」

そんなことを飲み屋で話していたのは、誰だったたっけ？　確かにその通りなんだと思う。女性誌のお悩み相談室でも、だいたい似たような回答が書かれている。地続きだった大陸はいくつもの川によって分断され、無数の小島となった。僕は「独身・子ナシ」島の住民として、同じ島の者同士、仲良くやっているのが最適解なんだろう。なんだか少し寂しい気もするけれど。

「来年、どこか行きませんか？」

去年の暮れ、地元の大阪で女友達のMと焼き鳥をつつきながら、そんな話になった。Mとは大学生の頃、アルバイトをしていた吉野家で知り合った。もうバイトを辞めてからの付き合いの方が圧倒的に長いのに、年がひとつ上であることと、勤続年数も僕の方が長かったことから、いまだに「横川さん」と先輩扱いしてくれる。まさに三つ子の魂百までである。同じく吉野家にはKとNという女子がいて、全員が社会人になったあとも4人で年に1回旅行に行くのが、ちょっとしたお約束だった。

初めて行った熊本旅行では夜中に車を大破させる事故を起こし、以来、そのときに車内でかかっていたコブクロの『君という名の翼』は全員のトラウマソングとなった。あきれるほどまっすぐ走り抜けたら車が大破したので、あの事故は全部コブクロのせいだと思っている。沖縄へダイビングに行ったときは、事前にＫとＮが通っていたダイビングスクールがとんだ詐欺スクールで、ダイビングのライセンスを取得するのに十分な講習を受けていなかったことが現地で判明し、旅行から帰ったのち、スクールに返金の申し立てを起こす騒ぎとなった。屋久島に行こうとしたときは、台風到来で船が出ず、足止めを喰らった鹿児島で全日程を過ごすことになった。なんだかこう書き連ねたら、ろくなことが起きていない気がする。呪われているのは誰なのか、ちょっと真面目に検証したい。

気ままな青春時代もいつか終わりを迎える。ちょうど30代に入った頃、Ｎが結婚することとなった。お祝いは、４人での東北旅行。あのとき、特に誰も言葉にはしていなかったけれど、きっと４人で旅行に行くのは、これが最後なんだろうなと思っていた。ほどなくしてＫも結婚し、地方へ移住したことから、４人は完全にバラバラとなった。「独身・子ナシ」島の住民は僕とＭの２人だけ。吉野家の休憩室で苦手な同僚の悪口を延々と言い合っていた４人の人生は、いつしかそれぞれの方向へと枝分かれしていた。

ただ、旅行の習慣だけは僕とMの間でのみ継続されていた。長かったコロナ禍もなんとなくひとつの節目を迎え、世の中全体もこれまでの日常を取り戻そうと活気づいている。久しぶりにどこかに行きたいねという流れで、そんな話になった。さて、どこがいいだろう。前回は宮崎だったから、次は海外もいいかもしれない。旅行のプランというのは、想像するだけで心が浮き立つ。僕は、焼き鳥を串からひとつひとつ抜いていくのもまどろっこしくなって、がぶりとそのまま咥えこんだ。

そして、ふっとKの顔が浮かんだ。Kとは、パートナーの仕事の都合で広島に引っ越して以来、まったく会っていなかった。最後に会ったのは、いつのことになるのだろう。知らない街で元気にしているのか、ずっと気になっていた。せっかく旅行に行くなら、Kに会いに行くのもいいんじゃないだろうか。そう提案するとMも乗り気になり、早速その場でKに連絡して日程をとりつけた。数年越しの再会は、アルコールよりも体を熱くさせる。楽しみな予定がひとつできたことに僕もMも胸を高鳴らせながら、同時に同じことを考えていた。

「Nは、どうする……?」

仲間内で最初に結婚したNは、今や2児の母となっていた。上の子は来年小学校に上がる。下の子は、まだまだ手のかかる幼児だ。とてもではないけれど、子どもたちを夫に預けて、友達と旅行に行けるような状況には見えなかった。

「でも、声をかけないってのも、なんか嫌じゃないですか」

Mは冷静にそうNの胸中を思いやった。確かに、友達が楽しく遊んでいる中、自分だけ行けないという状況はモヤモヤするけど、だからと言って最初からスルーされているのはもっとショックな話だ。行けるか行けないかは本人が決めることなんだから、気にせず声をかけるのがいちばん誠実なんじゃないかという結論に至った。

そこで、後日僕から改めてNにその話をすることになった。「Kに会いに広島に行こうという話をMとしてるんだけど」と持ちかける。するとNはものすごいスピードで「え！ 行く！」と答えた。即答である。Nが住んでいるのは、東京。広島に行くとしたら、日帰りというわけにはいかないだろう。家のこととか大丈夫かなとうかがうと、「夫も子どもも連れてくわ。広島なら夫の実家が鳥取やから、義両親に子どもの顔を見せに行くついでに寄れるし平気！ 会えるのはランチの時間だけとかになりそうやけど行く行く！」とめちゃくちゃ前のめりだった。子どものいる友達を旅行に誘うのはタブーと勝手に先回りしていたけれど、当事者は僕たちが思うよりもずっとフラットに今の自分にできること／できないことを判断して、取捨選択しているのかもしれない。かくして数年ぶりの4人での再会が決まった。

当日、グループLINEに続々と「今から新幹線乗る！」「ごめん、寝坊した！」などと連絡が飛び交う。僕は僕でそれなりに気を揉んでいた。属性で分けるなら、僕とMは「未婚・子ナシ」島の住民。KとNは「既婚・子アリ」島の住民。話は合うだろうか。子どもの話をされてザラザラした気持ちにならないだろうか。逆に、仕事の話をしてマウントみたいに聞こえたりしないだろうか。独身のときは仲が良かったのに、未婚既婚で分かれた途端、全然話が合わなくなって気まずい思いをしたという事例は諸先輩方から散々聞かされている。そんなことになったら嫌だなあと内心ビクビクしながら僕は広島駅に降り立った。

結論から言うと、それもまた杞憂だった。再会するなり僕たちは会っていなかった時間を埋めるように喋り続けた。子どもの話も聞いたと思うし、僕も仕事の話をしたと思う。でも、そんな細かい内容が云々というより、またこうしてみんなで話ができることの方がずっとうれしかった。

思えば、吉野家の休憩室にいた頃からそうだった。飽きもせずに僕たちは喋り続けていたけれど、その内容は愚痴と悪口とダメな恋と芸能人のことばかりで、中身なんておそろしくなくて、エモい名言を放つわけでもなければ、一生心に残るような深い話をするわけでもない。どこまでもとりとめのない無駄話をどこまでもとりとめなく積み重ねていくだけ。でも、そのなんにも生み出さない感じが心地よかったのだ。

せっかくの広島なのに、牡蠣もお好み焼きもスルーして、なぜか天ぷらを食べ、せっかくの旅先なのに、人気の観光スポットをめぐるわけでもなければ、おしゃれなカフェに立ち寄ることもなく、サイゼリヤでお茶をした。サイゼリヤのメニューの間違い探しは思いのほか難しくて、絶対にネットで答えを見ちゃいけない絶対にネットで答えを見ちゃいけないと言い合っていたのに、結局わからなくて普通にネットで答えを見た。根気がないのも相変わらずである。

タイ旅行では、Nが出発日を1日間違えて、フライトの直前に半泣きになりながら空港へ駆けつけたこと。慌てていたせいで、ファンデーションは入れ忘れたのにアイシャドウはなぜか2つ持ってきたこと。北海道旅行では、みんなが風邪になったこと。葛根湯がやたら効いたこと。東北旅行では、サプライズでNの結婚祝いをやったこと。なのに、飾りつけの途中でNに見つかって、サプライズが完全に台無しになったこと。思い出話は何度してもやっぱり楽しくて。昔は、同じ話を延々と蒸し返し続ける大人の気持ちがわからなかったけど、今は同じ話を延々とできる相手がいることの喜びを素直に感じられる。そう思うと、年をとるのもきっと悪くない。

あっという間に時間は過ぎて、「既婚・子アリ」島の2人は家族のもとへ帰っていった。「じゃあまたね〜！」とタクシーに乗り込む姿は名残惜しさを嚙みしめる余裕すら与えないくらいあっさりしていて、まるで次の日も吉野家で同じシフトに入っているみたいだった。変わっていくものもたくさんあるけれど、案外、根っこの部分はそんなに変わらないのかもしれない。

未婚とか既婚とか子アリとか子ナシとか男とか女とか、僕たちを隔てる川はたくさんあって、置かれた環境の違いに戸惑ったり引け目を感じたり遠慮したり、誰かを傷つけたくない僕たちは心を砕いて配慮を尽くすけれど、その川を引いているのは、もしかして僕たち自身なのかもしれない。既婚だからわかり合えないのでもなく、未婚だからわかり合えないのでもなく。わかり合えないのだとしたら、その原因にあるのはもっと別のもので。もしも相手が変わってしまったと感じたのなら、それは自分自身が相手の変わった部分にばかり目を向けてしまうからなんだろうなと、なんとなく思った。

「既婚・子アリ」島で暮らす彼女たちは確かにお母さんではあるけれど、それと同時に昔からよく知っている、おっちょこちょいなところもあるけれど、真面目で一生懸命な愛すべき友達でもあるのだ。きっとそれらはすべて矛盾なく両立する。久しぶりに4人で会って、ようやく僕はそのシンプルな事実を実感として飲みこめた。

今度はいつまた4人で集まれるだろう。とは言え、4人それぞれ住んでる場所も違って、生活があって、そんなに簡単に会ったりできないことくらいはわかっている。また数年後の話になるのだろう。そう考えると、たとえ100歳まで生きたって、友達同士でシェアできる時間なんて、想像しているよりずっとごくわずかなんだろう。だったらせめてそのごくわずかな時間くらい思い切り楽しみたい。川なんて、ひょいっとまたぎ越せばいいだけだ。

そしたら、僕たち4人の集まった場所は、「未婚・子ナシ」島でもなければ、「既婚・子アリ」島でもない、あの雑然とした休憩室に様変わりするのだろう。そこでまた人生の役に立たない話をいっぱいしよう。そんな未来をイメージしながら、「既婚・子アリ」島の女友達に向けて、「未婚・子ナシ」島の僕は、力いっぱい手を振った。

深夜2時のモエ・エ・シャンドン

昔から人にＳＯＳを出すのが得意ではない。人に頼ることをつい甘えだと思ってしまうし、自分が結構な依存体質であることはよくわかっているので、誰か頼れる人を見つけると、すぐその人に全体重を預けてしまう。そういう自分の脆さに直面するのが嫌で、気づいたら人に「助けて」と言えない人間になっていた。

そんな僕が、恥も外聞もなく、ＳＯＳを出したことがある。あれは、何年か前の年の瀬のこと。ライターとして少しずつ名前が売れはじめていた僕に、ＳＮＳのフォロワーが増えるのとまるで等価交換みたいに、少しずつ棘のあるＤＭが届くようになっていた。エゴサーチをしていても、不意に抜き身の刃を直接心臓に立てられたような悪意ある言葉がまぎれこむ。誹謗中傷とまでは言わない。僕の言動に、落ち度があって、それを諫めたり咎めたりするものがほとんどで、僕に対して腹を立てたり嫌ったりしている人たちの言い分も理解はできた。ただ、長く裏方仕事をしていた人間がいきなり人目のつくところに引きずり出されて、その変化にまだ全然対応できていなかった。僕は、自分に向けられる言葉に対していちいち傷つき、いちいち反省し、いちいち自分を責めていた。

そして、あることがきっかけで僕に向けての非難の声がSNS上に溢れ返った。今思えばそれこそ価値観の相違で、僕の言ってることが100%間違っていたわけではなかったのだけど、一斉に多方面から石を投げられると人の認識機能はバグを起こす。こんなにもたくさんの人を怒らせる自分はひどくダメな人間なんだと自尊感情が完全にペシャンコになってしまった。

擁護してくれる人も普通にいたのに、なんだか世界中の人が僕に対して怒っているような気がして怖くて怖くてたまらなかった。もう自分になにかを書けるとも思えなかったし、書きたいとも思わなかった。仕事も辞めて、名前も捨てて、誰にも見つからない場所でひっそりと息を殺して暮らしたかった。

いっそ大泣きしてしまいたい。だけど、ひとりだと泣くきっかけさえ摑めない。あとひと押しあればこぼれ落ちてきそうなところまで涙はせり上がってきているのに、そのひと押しが足りなくて、まるで勢いの足りないポンプみたいに、いくらレバーをピストンさせても、ぽろりとも出てこない。ただ、重力が倍になったみたいに重い体をベッドに沈め、動けずにいた。

そんなとき、スマホがぴこんと間の抜けた音を鳴らす。見ると、女友達からのLINEだった。内容はいつものような他愛のない雑談だ。映像編集の仕事をしている彼女は、もう22時をまわっているのに一向に終わらない仕事に愚痴をこぼし、僕は僕でもう人生にほとほとうんざりであると投げやりな言葉で応戦した。そんなラリーをいくつか打ち返しながら、なんだか僕はもう無性にどうしようもなくなってしまって、魔が差したように短くこうLINEした。

「今から飲まない?」

普段の僕ならこんなLINEは絶対にしない。もう23時を過ぎていた。どう考えても非常識な時間だし、しかも彼女はまだ仕事中だという。相手の迷惑なんてちっとも考えていない。自分の都合しか頭にない誘いだ。既読がついたまま、しばらく彼女から返事は来ない。急に恥ずかしくなって、僕は「いや！ 今度でいいよ！w」と語尾に草を生やして誤魔化した。すると、それと行き違うように、ぴこんと画面の左側に吹き出しが浮かんだ。

「2時からならいいよ」

明日も仕事だ。20代のときみたいにオールで飲んで、そのままシャワーだけ浴びて会社に行けるほどの体力はもうない。普通に考えたら、さっさと寝た方が絶対に健康的だ。でもあのときの僕には彼女がくれた「2時からならいいよ」が、空から降ろされた梯子みたいに見えた。

「行く。モエ・エ・シャンドン買っていくわ」

そう僕は返した。すると彼女は「手土産にモエ・エ・シャンドンを買う男はダサいw」と草を生やした。それを見て、僕はほんの少し笑った。

夜中の2時。ふた駅先の彼女の家に自転車で駆けつけた。玄関のドアを開けた彼女はボサボサの髪に眼鏡姿で、どう見ても客人を迎える格好ではなかったんだけど、僕は「ごめんね」と短く謝って、モエ・エ・シャンドンとケーキを渡した。「30代の胃袋で夜中の2時にケーキはないわ」と言いつつ、結局2人してケーキを平らげた。モエ・エ・シャンドンはあっという間に空っぽになった。

正直、そこで彼女と何を話したのかはあまり覚えていない。自分が抱えているしんどさをここぞとばかりに吐き出した気もするし、そんなことはおくびにも出さず、くだらない馬鹿話に終始した気もする。でも、もうそんなことはどうでもよかった。この世に僕を嫌う人はいて、僕は嫌われてしかるべき人間なのかもしれないけど、夜中の2時にこうやって一緒に飲んでくれる人がいる。それだけで、あともう少しは生きていける気がした。

大人は、しんどい。子どものときみたいに無邪気に頼れなくなったし、弱さをひけらかすことは恥ずかしいことだと思うようになってくる。でも、いくら年をとったところで、そう易々と強くなれるわけじゃない。いつだって僕たちは、あと一歩足を滑らせたら、まっさかさまに転がり落ちていく断崖のぎりぎりで踏ん張っている。

大人は、寂しい。子どものときみたいに簡単に甘えられなくなったし、誰かに縋らなきゃ立っていられないような生き方はイタい人間のすることだと教え込まれてきた。でも、どうしようもなく寂しいときはあって。みんなその寂しさをなんとかなだめすかしながら、やたらうまくなった愛想笑いを貼りつけて、自立した大人を擬態している。

そんな瀬戸際の大人たちにとって「今から飲まない？」は救難信号だ。前にも、後ろにも、進めなくて。誰が敵で、誰が味方かもわからなくて。今すぐ逃げ出したいけど、そう易々と逃げ出せないくらいには責任と後先を考える力を身につけた大人たちの非常出口だ。

あのとき、「今から飲まない？」と言えなかったら、そしてそれを彼女がキャッチしてくれなかったら、僕はもしかしたら今もこんなふうに文章を書く仕事を続けていられなかったかもしれない。それくらい、あの「2時からならいいよ」は、真夜中の海に放り投げられた浮き輪だった。

あの夜を境に、僕はちょっとだけ変わった。昔よりもほんの少しだけ人に頼ることを怖がらなくなった。どれだけ頑張っても、どんなに大人の顔をしても、僕たちの心の中には転んですり剝いてわんわん泣いていた5歳の自分がいるのだ。あの頃は、泣いたら親がすっ飛んで来て抱きかかえてくれた。今はもちろん泣いたところで親が助けに来てくれるわけはない。でも、たぶん本当はずっと求めているのだ、子どもの頃みたいに無条件に自分を甘やかしてくれる誰かのことを。そんなイタくてダサくて脆い自分を認めること。それだけで、僕たちはこの途方もない人生をもうちょっとうまく息継ぎしながらやっていけるのだ。

そしてもうひとつ決めたことがある。それは、もしも誰かがいきなり「今から飲まない?」と言ってきたら絶対に断らない、ということ。もしかしたらそれはただ単に退屈を持て余して、いかにも暇そうな人間に手当たり次第声をかけただけかもしれない。次の日は二日酔いに胸やけを起こしながら、一向に進んでいない仕事の山にうんざりして終わるだけかもしれない。それでも、見逃したくないのだ。僕に向けられたかもしれない、救難信号を。空振りでもいい。思い過ごしでもいい。こっちに進めば正しい道だよと示してあげられるような標識や地図にはなれなくても。せめて、どんづまって、行き場もなくて、でも今すぐここではないどこかに行きたい誰かの非常出口くらいにはなりたい。だから、どんなに忙しくても、その日の急な誘いは断らない、と決めた。

数ヵ月後、今度は彼女から「今から飲まない?」とLINEが来た。僕は書いている途中のWordを潔く閉じて、パソコンをシャットダウンした。まだ19時をまわったくらい。この調子だと、2軒くらいハシゴしたあとに、カラオケになだれ込むことになるだろう。ベロベロに酔っ払った僕たちは、ビールのせいでしゃがれた声で、いつも最後は昔の歌を歌う。僕は、中島みゆきの『ファイト!』。彼女は、加藤登紀子の『時には昔の話を』。どう見たってタチの悪い酔っ払いだ。

でも、それでいい。人生には、そうでもしないと乗り越えられない夜があるのだ。僕はふた駅先の彼女の街めがけて、自転車のペダルを強く踏みこんだ。

愛を知らないのではなく

自分嫌い人間にとって最も納得しがたいのが、「自分のことを愛せないと、他人のことも愛せないよ」という世の風潮である。わりとこの言い回しを正論と受け止めている人が多い気がするし、なんならアドバイスをする側もちょっと得意げな顔をしていたりする。だから、この際はっきり言わせていただきたい。

まじで「うっせえええええええええええええええ」しかないのである。

これはもう一生懸命仕事を頑張っている女子に対する「仕事ばっかりしてると婚期を逃すよ」と同じくらい、うっせえ案件であることを人類には自覚していただきたい。毎日お弁当をつくってくる女子に対する「女子力高いね」と同じくらい罪深いことをゆめゆめご理解いただきたい。それでも、「自分のことを愛せないと、他人のことも愛せないよ」を言いたい人がいるならこう返そう、「ソース出せ」と。

かく言う僕も長らくこの呪いに縛られていた。僕がうまく人と関係を築けないのは、僕自身が僕のことを愛していないからなのだと悲嘆に暮れていた。が、そんなことはまったくなかった。ある日、僕は自らの人生をもって、それを証明することとなる。いったい僕に何があったのか。推しができたのである。

2015年を境に若手俳優沼にドボンとダイブした僕は、以降、推しを愛でることが生きがいとなった。東に推しの現場があれば行ってペンライトを振り、西にグッズショップがあれば行ってブロマイドを買い込む。24時間、いつでもオール・マイ・トゥルー・ラブ。どんなときだって私はいつもそばにいるよ。と、島袋寛子のハイトーンに負けない愛重めな生活に変貌した。

推しができるとなにがいいって、つまらないことでガタガタ悩まなくなる。そんな時間があれば、推しの動画を回している方がよほど社会貢献だし、「僕はなんのために生まれてきたんだろう」という悩みも「推しと出会うため」で解決である。推しができたことで、同じように推しを大切に思う人の気持ちにも寄り添えるようになった。推しがおかげで、いろんな価値観を尊重できるようになったし、簡単に人や物をディスらなくなった。万物はみな誰かの推しかもしれないと思えば、無茶振りしてくる取引先にも優しくなれたし、レジが長蛇の列になっているにもかかわらず、お会計の段になってようやく財布を探しはじめるご婦人にも、「オッケー、スローライフ！」と微笑めるようになった。愛の源は、推しなのである。

そして、やっと理解した。僕は別に愛を知らないわけでもなければ、人を愛せないわけでもないのだと。人が持つ愛情の総量が100として、本来なら、自分に50、他者に50と振り分けられたりするものが、僕はどうしても自分に愛情が向けられないだけ。その分、100の愛情を他人にぶつける力を持っているのが僕という人間で。その注ぎ方が下手くそで、時に他人を困らせたりドン引かせたりするけれど、決して愛を知らないわけではないんだと腑に落ちた瞬間、なんだかとても救われた気がした。このままの自分でいいんだよと誰かに言ってもらえた気がした。

以来、いろんなイケメンに熱をあげ、好きだ好きだと公言しまくるようになった。1人推しが増えるたび、世界が広がる。今まで興味のなかったものに関心を持ったり、今まで行こうという発想すら湧かなかった場所に足を運んだりする。気づけば毎日が忙しくて、ひとりが寂しいなんて気持ちは脳裏の隅にさえかすめなくなった。自分のいいところなんてひとつも挙げられない僕が、推しのいいところなら100でも200でも語り尽くせた。自分を好きになれない僕は、他人の「好き」を見つける天才だったのだ。

だけど、そういう生き方に疑問を持つ人ももちろんいる。先日、推しに関する特集で、あるネット番組に出させていただく機会があった。そこでは推し活がもたらすデメリットに焦点が当てられ、推しに課金するあまり家計が破綻したり、お金ほしさに犯罪行為に走る事例などが紹介されていた。そのバイアスに煽られたところもあるのだろう。ある1人の出演者が、「推し活は関係性が対になっていない」「もっと一対一の関係性を築かないと人は成長しない」という旨の発言をした。確かに、至極ごもっともな意見ではある。だが一方で、こうも思った、それもまた余計なお世話だよなあと。

僕は推し活が一方通行の関係であることを気に入っている。どんなにこちらが想いのこもった紙テープを投げても推しはそれを返さない。あくまでこちらが投げっぱなし。その気安さが、世間とか社会とかにヘトヘトになった僕にはちょうどよかった。もちろん双方向の関係性でしか育めないものもあるとはわかっている。だけど、それが絶対的に美しいものであるかと問われたら、まったくもってそうとは言えないだろう。双方向だからこそ、傷つくし、裏切られるし、振り回される。わざわざ見なくてもいい痛い目に自分から飛び込んでいく人をこれまで何人も見てきた。

その馬力がある人は思う存分楽しめばいいと思うけど、正直、僕にはもうそんな不安定な関係性で自分をすり減らすだけのエネルギーがない。ただでさえ生きていればしんどいことなんて山ほどあるんだから、せめて人間関係くらいは心地いいものをチョイスさせてほしい。なんでもかんでもコンフォートゾーンを脱出すればいいというものではないだろう。むしろ寒い冬は延々こたつでぬくぬくとしていたいのが人間本来の姿だと思う。乾布摩擦も寒中水泳もノーサンキューだ。

今の世の中は頑張りすぎないでがモットーだけど、僕はあのメッセージが必ずしも正義だとは思っていない。頑張らなくてもいいんだけど、頑張らないことによって生じるデメリットはちゃんと自分で引き受けなきゃいけないし、そこまで伝えずに生温かい言葉だけで人を救った気になっているのは、むしろ残酷にすら見える。実際、頑張らなかった自分を勝手に免責して、境遇や待遇に不平不満をこぼすケースが今の世の中には往々にして見られる。さすがにそこまで人生は甘くないよなあ、というのが40年生きた上での所感だ。

だから個人的には、世の中には無理してでも頑張った方がいいことと、無理して頑張る必要のないことがある。その振り分けは人によって千差万別であり、自分がなにを頑張って、なにを頑張らないかを取捨選択することが人生設計なのである、くらいの温度感がいちばん現実的だし誠実だと思っている。

そこで言うと、僕はもう人間関係に関しては無理して頑張らないと決めた。人には相性があって、合う合わないは避けられない。僕はたぶん合わない人の数が、他の人よりもちょっと多いタイプなんだと思う。そこはもう変えようがないし、変えようとすればするほど自分がしんどくなるだけ。だったら、むしろその数少ない相性の合う人を大切にすることに力を注いだ方がきっと日々はもっと良いものになるだろう。

そして、たまにどうしようもなく湧き上がる「誰かを愛したい」という欲望は、とことん推しにぶつければいい。一方通行？　上等である。いびつかもしれないけど、やっと自分に合った人との関わり方に気づけたおかげで、生きるのがちょっと楽になれたのだから。

選択的おひとりさま

思えば、僕が最初に違和感を抱いたのは、SPEEDの『my graduation』だった。その直球すぎるタイトルから、僕と同世代（1983年生まれ）くらいだと卒業ソングとして親しまれ、実際、僕が中学を卒業するときも、女子たちが感傷に浸りながらよくこの曲を歌っていた。だが、そんな女子たちの歌声を聴きながら、僕はある疑問を拭えずにいた。

……この曲、卒業ソングっつーか、失恋ソングじゃね？？？

歌詞を読む限り、どう見たって恋人と別れた女の歌である。愛が芽生えたJulyとか言っておりますし。ってか、チョーカーとか久々に聞いた。確実にもうこの女はチョーカーを捨てていると思う。同様の違和感はのちにレミオロメンの『3月9日』でも感じたし、斉藤由貴の『卒業』ですらシチュエーションは確かに卒業式だけど、あれもまた男と女の歌という印象の方が強い。これが『水曜日のダウンタウン』なら「世の卒業ソング、だいたい卒業ソングじゃない」説をぶち上げたい。もっと仲間のこととか先生のこととか歌えよ……！　『ありがとう・さようなら』とか教室にまで感謝してるんだぞ……！

なにが言いたいかと言うと、中学生の僕は不意に思ったのだ、この世界はラブソングが多すぎると。ほとんどの歌は「私」と「あなた」や「君」と「僕」のための歌であり、だいたいが君がいるだけで僕は強くなったり、あなたがいなきゃ私は生きていけないのである。人間弱すぎるだろ。あの頃、まだそんな言葉は知らなかったけど、いわゆる「恋愛至上主義」に対して初めて反逆の狼煙《のろし》をあげた瞬間だった。

自分の人生に恋愛はいらない。決断と呼べるほど強い気持ちはないけれど、そんな静かな決意めいたものを、この数年、はっきりと自覚するようになった。恋愛が悪いものだとは思わない。多くの人にとっては生きる糧になるんだろうし、尊いものなのだと思う。ただ、それに自分は当てはまらなかった。僕の人生において恋愛は日々をより良くするものではなかった、というだけの話だ。

たぶんそれは僕自身が恋愛している自分のことをあまり好きになれないというのが大きい。嫉妬もするし依存もする。泣きわめくし、縋《すが》りつくし、わがままになる。それこそJ－POPは君がいるだけで強くなれると歌うけど、僕の場合は逆だ。大切な人ができると弱くなる。だから、そんなものは最初からつくりたくない。他人に自分の人生を明け渡すような生き方はしたくないのだ。

それでも若い頃は恋愛をするのが当たり前だと思っていたから、せっせと出会いを求めたし、恋人がいない期間が長く続くと、自分は誰からも必要とされていない人間なんだと落ち込んだりもした。


僕はいつも恋愛について考えると、25歳のときに買ったGUCCIの財布を思い出す。ほしいかほしくないかもわからないまま、でもみんな持ってるし、いい大人なんだからブランド品くらい持ってないといと思って流されるままに買ったGUCCIの財布。でも、なんだかちっとも似合ってる気がしなくて、いつもお会計のたびに恥ずかしい気分になった。たぶんあの頃はGUCCIの財布を持っている自分に酔いたかったのだろう。でも、どんな強いアルコールも次の日の夜には体から抜けているものだ。安っぽい見栄なんて長続きするわけもなく、結局、2年も使わずに新しいのに買い替えた。

新しい財布はTSUMORI CHISATOで、男子が使うようなデザインでもなかったし、20代後半が持つには幼すぎる気もしたけど、可愛くて、可愛くて、レジに並ぶたびにウキウキした。これはGUCCIが悪くて、TSUMORI CHISATOがいいという話ではない。自分がほしいとも似合っているとも思っていないのに、周りも持っているからとか、世の中のイメージを気にして手を出したって幸せになんかなれない、という教訓の話だ。

恋愛だってそうだろう。本当にそれがいいものかどうかもわからず、ただ恋愛するのが普通だと思いこんで、やたらめったら自分を傷つけるような恋に溺れたり、幸せそうなカップルを見て妬んだり、いつまでも恋人ができない自分に焦ったりする。そんなのはとてもバカらしい話だ。だから、そういう不毛な生き方はもうやめよう、と思った。

無理に誰かと一緒にならなくていい。ひとりが心地いいのであれば、ひとりで過ごせばいい。そう割り切ってみると、途端に毎日の暮らしが楽になった。特別なことをなにかしているわけではない。白湯を飲んだりヨガをしたり断捨離をしたわけでもない。ひとりでいいと決めただけ。それだけで、ずいぶんと体が軽くなった気がした。いかに自分が今まで必要じゃないものを背負いこんでいたのかということに遅まきながら気がついた。かつて俳優の蒼井優さんが「『誰を好きか』より『誰といるときの自分が好きか』が重要」という名言を残しましたが、そこで言うと僕は誰といるときの自分も好きじゃない。ひとりでいるときの自分がいちばん好きだということに長い時間をかけてやっと納得がいったのだった。

今はもう恋愛はこの穏やかな暮らしを脅かす不確定因子にすら見える。ババ抜きのジョーカーみたいなものだ。わざわざジョーカーを引きたいとは思わない。だから決めた、自分の人生に恋愛はいらないと。

だけど、こういうことを話すと「傷つくことに臆病になっているだけじゃないかな」とカウンセラー顔して諭されてしまう。あるいは「モテない人間の強がりじゃない？」と冷めた目で突き放されてしまう。この社会は今のところ恋愛することが標準で、40歳を過ぎても独身の人間はなにかしら問題があるというのが定説としてまかり通っている。確かに、人と適切な関係を築けないこの性質は欠陥と言えば欠陥なのかもしれない。結婚して、子どもを持ち、年賀状やらお歳暮やらを送ってくる友人を見ると、「ちゃんとしてるなあ」と僕も思う。でも、どんなものにも向き不向きがあって、合う合わないは人それぞれ。僕には恋愛が向いてないし、ひとりが合っている。ただそれだけなのだ。

ジョーカーのないババ抜きがつまらないように、恋愛がない人生は味気ないのかもしれない。なにかを損している気もしなくはない。だけど、人生に容量があるとしたら、空白になっている恋愛という項目を代わりに埋めてくれているいくつもの楽しみに僕は感謝しているし、味気ないどころかむしろ毎日が味噌カツ定食くらい特濃の日々を送っている。

将来に対する不安はもちろんある。「今は良くても、年をとったときにひとりは寂しいものよ」と言われたら今のところ反論の術はない。実際、僕もスーパーで高齢の男性が1人分のお惣菜を買っているのを見ると、余計なお世話だと思いながらも、キュッと胸が痛くなる。それはきっと心のどこかであんなふうになりたくないと思っているからだろう。でも、月並みな反論で恐縮だけど、家庭を持っていたって年老いたときにひとりにならないとは限らない。むしろ突然ひとりで放り出されるよりも、最初からひとりでいることを想定しながらあれこれと準備をしていた方がリスクヘッジという点では賢明とも言える。

なにより年老いたときにひとりでいることが寂しいとか不幸とか思うのもまた、僕たちにかけられた大いなる呪いなのだ。スーパーで1人分の惣菜を買ったおじいちゃんだって家に帰ったら吉永小百合の『キューポラのある街』を観てテンションが上がっているかもしれないし、実はめちゃくちゃゲーマーでゴリゴリeスポーツに燃えているかもしれない。「ひとりでいること=寂しい」ではないことは、老いも若きも同じだ。

だったら、「年をとったときにひとりは寂しいものよ」というささやきに怖気づくのではなく、いくつになってもひとりが楽しい自分になればいい。ラブソングが必要ないなら、自分のための歌をつくればいい。大好きなあの歌は言ってくれた、生きるためのレシピなんてないと。「君」や「あなた」がいなくても幸せになれる「僕」の歌を、力の限り大きな声で歌うのだ。

性別解放運動

「ノンバイナリー」という考えがある。

自身の性自認が「男性」「女性」のどちらにも当てはまらない、または当てはめようとしない考えのことをノンバイナリーと言う。初めてこの言葉を知ったとき、自分はこれなのかなと思った。

と言うのも、長らく自分のジェンダーについて疑問があった。僕の身体の性は男性である。心の性も男性である。なら、男性でいいじゃないかという話なんだけど、他者から男性と括られることに対して、なんとも言いがたい抵抗感がある。この本も一貫して男という立場から書いてはいるものの、実は書きながらそれでいいのか常に迷っていた。少なくとも自分が男性の意見を代表するような人間ではない自信はある。それでもこのエッセイが世に出るときは「男性の著者が書いたエッセイ」として本棚に並ぶだろうし、読者も「男性の著者が書いたエッセイ」として読むだろう。そこに対しては、自分でコントロールできるものではないとわかっているけれど、かなり強い違和感がある。どうなんだろう……男性なのかな……どうなのかな……と思わず口ごもってしまうような心許なさが、自分の中にあるのだ。

そう感じたのも、このエッセイはもともと『mi-mollet（ミモレ）』というwebマガジンで連載していたものをベースにしているのだけど、その第1回で自虐について書いたとき（この本の「はじめに」で書いたような内容です）、それがYahoo!に配信されると「そんなことないですよという接待を受けたいから、わざわざ『年下の女性』に絡んだんだろ？」「いい歳した成人男性が年下の女性との会話で自虐を連発するのは一種のハラスメント」というコメントが結構あった。

自虐自体は受け入れられない人は受け入れられないので、賛否が出ることには特になんとも思っていなかったのだけど、自分が男性であることをクローズアップして批判する人がそこそこ現れることは想定していなかった。そして、その反応を見ながら、「そうか。僕は男性だったのか……」と妙な自覚を促されるような気持ちにすらなった。それくらい普段から自分を男性とは思っていないので、自分の書いていることをすべて男性性に紐づけて解釈されると、自分のことを語ってもらっているはずが突然別の誰かについて話しているように錯覚してしまうのだ。

であれば、心の性は男性ではないのかもしれない。かと言って、強く性別に違和感があるわけでもない。トイレもお風呂も男性用でまったく抵抗がないし、女性になりたいという気持ちもない。だから、心の性を聞かれても男性と答え続けてきた。強いて言うなら「……男性？」「まあ、一旦男性かな……？」くらいのスタンスだろうか。でも、いちいちそんな曖昧なニュアンスをほのめかしてもしょうがないので、僕はずっと性別の項目に出くわしても、素知らぬ顔で男性にマルをし続けてきた。

そんな中、ノンバイナリーという言葉を知って、なるほどこういう性もあるんだと、初めてしっくりくるようなフィット感があった。ずっとLサイズかSサイズしかないところに、やっとMサイズが見つかったような安心感があった。

でも、ノンバイナリーを知ってもう数年経つけど、いまだに僕は自分のことをノンバイナリーと公言したことはない。というか、結局自分がノンバイナリーであるかどうかの自認も定まってはいない。デザインは気に入っている。サイズもMでぴったりだ。でも着てみたら、なんだか素材感がゴワゴワするとか、タグの部分がチクチクするとか、そういう感じ。どうしてもこれが自分のための一着だという気になれない。男性と胸を張って名乗れないのと同じくらい、ノンバイナリーかどうかも断言しづらい居心地の悪さがある。

それはノンバイナリーであると公言することで、これからはノンバイナリーの規範に当てはめて行動しなければならないという謎のプレッシャーを自分に課しているからかもしれないし、絶対に「ｈｅ」とは呼ばないでくれ、「ｔｈｅｙ」と呼んでくれというほど強い主義主張が自分の中にあるわけではないからかもしれない。でもいちばんは、結局なにかに自分を当てはめて語られることに強い抵抗があるからのような気がしている。

子どもの頃は「男のくせにナヨナヨしている」という理由でさんざんあげつらわれた。転職のときは「男性の一般職は採用していない」という理由で営業職にまわされた。「男なんだから」とか「男らしさ」とか言われるたびに、それは僕が選んで取得したものではないので……と勝手に引かされた貧乏くじの責任を背負いこまされているような気持ちになっていた。それがノンバイナリーに変わったところで、今度は「ノンバイナリーとしての僕」という文脈でいろんなことを解釈されたり背負わされたりするわけで、結局なんの解決にもなっていない。僕が望んでいることは、あらゆる性別から解放されたいということだ。そうでなければ、僕をずっと縛り続けていた呪いからは自由になれない。

僕にとっての性別は、たとえるなら血液型や星座くらいの、その人のプロフィールを埋める項目のひとつで。「B型は自己中心的」とか「乙女座の今日の運勢は、見極めが肝心」とかいろいろ言うけど、科学的な根拠なんてなくて、多くの人は本気で信じていないけど、ちょっと参考にしたり、雑談のネタにするにはちょうどよいもの、くらいの感覚だ。そもそも血液型も星座も自己申告しなければわからない。でも実際のところ、性別は、血液型や星座よりは重めに僕たちにのしかかり、分断を生んだり、対立の火種になったりする。ほとんどの人が僕を最初に見たら「男性なんだ」と判断するし、それ以降の僕の言動に対して「男性だから」というジャッジがつきまとう。それが、しんどい。

僕は僕のことを、男でもなく、女でもなく、横川良明だとしか思っていないし、僕のあらゆる個性は性別に紐づくものではないと思ってほしい。願いはそんなシンプルなことなんだけど、それだけのことが今のこの社会ではとても難しい。

どうして人間には性別なんてものがあるのだろう。要は生殖のためなんだろうけど、子どもがほしくない僕からするとなんら関わりのない話なので、余計に必要なく思えてしまう。調べてみると、雌雄同体の生物はこの世に多くあるようだ。だったら男と女の二者択一で考えようとする人間の考え自体も結構なローカルルールじゃないか。

と、くだらない校則で生徒をガチガチに管理しようとする生活指導の先生を見るような気持ちになってしまった。

これから世の中がどうなっていくのかはわからない。性に関するグラデーションはどんどん多様化する一方で、今もなおそれらを糾弾する声は尽きない。無理解な言葉に傷つけられている人がたくさんいる。でも少なくとも、僕はそんなローカルルールや校則からは治外法権でいかせていただきたいなとは思う。

青でも赤でも黒でも白でもなく、僕は僕の色のクレヨンで自分という人間の自画像を描きたい。そんなひそかな反骨心を持って、プロフィール欄の性別の項目を、最近は「答えたくない」にチェックを入れている。それは、特に反抗期のなかった真面目で優等生な僕の、人生で初めてのレジスタンスなのだ。

宣誓

どうして自分に生まれたのだろう。もっとキラキラした人に生まれたら、人生は楽しかっただろうか。

などと思う日もいまだになくはない。40年付き合ってみても、やっぱり自分は面倒くさいし、ひねくれている。本当は誰かから愛されたいし、自分のことだって愛したい。だけど、嫌われるのが怖くて最初から予防線を張ったり、自分の嫌な部分を直視することから逃げていたりする。

「というか、そこまでいちいち自分について考えたことないわ」

自分が嫌いという話をすると、そんなリアクションをもらうことがある。そして、そういう自分にさほど関心のない人を目の前にすると、心の底から羨ましいなと思う。こんなわずらわしいことを考えなくてすむ人生があるだなんて。つまずかなくてもいい石コロに自分からわざわざ突っこみにいってるような気がして、なんだか自分の生き方がほとほとバカらしくもなる。

確かに僕は自分に執着しすぎなんだと思う。年をとると自意識が薄れて楽になるなんて話を聞いたことがあったけど、あれは都市伝説だったのだろうか。40になってもこんな感じなので、たぶん僕はおじいちゃんになっても延々と同じことで悩んでいるんだろうな。お会計のときの釣り銭の受け渡しですら、「こんな自分にふれさせて申し訳ない……」という罪悪感に怯えていた人間なので、最近のキャッシュレス決済は万々歳である。全然関係ないけど、QUICPayの決済音はなんであんなにガビガビなのか。このデジタル社会、電子音でももうちょっとクリアな音質は出せるだろうに。LINE Payを見習え。グィッグベイ！

僕は昨今の「もっと自分を愛そう」キャンペーンにふれるたび、掃除の時間になっても給食を食べ続けた子ども時代を思い出す。どうしても嫌いだった鶏のレバー。完食するまでお膳を下げちゃダメで、1人また1人と食事を終えて席を立つ中、なかなか食べきれなかった。掃除のために机が後ろに下げられる。僕は机と一緒に教室の隅っこに追いやられた。埃が舞って、とても食事をする環境じゃない。それでも食器が空になるまで地獄は終わらない。このもうほとんど罰ゲームに近い気持ちで、吐きそうになるのを必死でこらえながら、あの臭みのあるどろっとした食感をなんとか口の中にねじこんでいた。

食べ物は粗末にしちゃいけない。給食のおばちゃんが心をこめてつくってくれたんだから、残しちゃダメ。どれもこれも反論の余地がないくらい正しい。でも、時々、そういう正しさの暴力にぶちのめされて、息ができなくなるときがある。清潔で高級なハンカチも、使い方によっては猿ぐつわになるのだ。善意の強制ほど厄介なものはない。

僕が「もっと自分を愛そう」という風潮を好きになれないのは、そんな押しつけへの反発心もあるだろう。あくまで自分を好きになることは、幸せになるための手段のひとつに過ぎない。なのに、もはや自分を好きになること自体が目的化していて、それ以外の抜け道がないみたいだ。人生は、模範解答通りじゃなくていい。人の数だけ正解があるし、解き方だって人それぞれだ。むしろその多様さが、世の中を面白くしているんだと思う。ビビッドな赤だけが、赤じゃない。くすんだ赤でも許してくれる世の中であってほしい。

なにより、そうやっていちいち自分で自分を採点しなくちゃいけないのは、結構しんどい気がする。生きていれば、否が応でもいろんな評価に晒される。性別、年齢、容姿、生まれや実家の太さ、仕事の実績に経済力、交友関係、趣味やセンス。勝手に点数をつけられて、一流だと羨まれたり三流だと蔑まれたりする。ほしくもない通知表に心底うんざりしているのに、その上、自分まで自分のことをジャッジしなくちゃいけないなんて横暴にも程がある。そんな査定地獄からは、どうかイチ抜けさせてほしい。

誰のこともジャッジしたくないように、自分のこともジャッジしたくない。嫌いなことを罰のように思わなくてもいいし、一向に自分を好きになれないことを責めたりしなくてもいい。無理に自己肯定感なんて上げなくていいし、輝いたりもしなくていい。願っているのは、ただそれだけのことなんだなと、この本を書き終えてみて、ようやくわかりはじめている。

たぶんこれからも自己嫌悪に苛まれることはいっぱいあるだろう。友人と飲んだ帰りは「あのときのあの言い方は良くなかったな……」とひとり反省会を繰り返し、仕事でミスをするたびに「もう二度と発注は来ないんだろうな……」とはてしなく落ち込む。人の性根なんて、そう簡単には変わらない。

そんな自分を好きか嫌いかなんて考えたってしょうがない。大事なのは、そういう自分と一生付き合っていくんだという覚悟を決めること。面倒くさくて、臆病で、傷つきやすくて、そのくせ傲慢で、自信はないくせに自意識は過剰な自分をなんとかなだめすかしながら一緒に生きていく。時々、自己嫌悪の嵐が来たら無理にジタバタせずに過ぎ去るまでじっと待てばいい。ひとりで過ごす台風の夜は不安だけど、ちょっと特別感があるもの。そんな夜が人より多い人生というのも、それはそれで悪くはないだろう。上を向いて歩いていたら確かに涙はこぼれないけれど、下を向いて歩いていた方がボトボトと涙が落ちて楽かもしれない。その方がとっとと泣きやむかもしれない。

なにが正しいなんてないんだから、自分がいちばん楽だと思える生き方を選べばいい。誰かから評価されるために、僕らの人生はあるわけじゃないのだ。だから、今ここで堂々と宣言したいと思う。

これからも、自分が嫌いなまま、僕は僕で生きていく。

著者略歴

横川良明 Yoshiaki Yokogawa

エッセイスト、ライター。一九八三年生まれ。テレビドラマから映画、演劇までエンタメに関するインタビュー、コラムを幅広く手がける。二〇二〇年、webマガジン「mi-mollet」にてコラム「推しが好きだと叫びたい」を連載。二〇二一年、この連載をベースにしたコラム本『人類にとって「推し」とは何なのか、イケメン俳優オタクの僕が本気出して考えてみた』(サンマーク出版)を発表。以降、〝推し活〟の語り手としてメディアにも多数出演。その他の著書に『役者たちの現在地』(KADOKAWA)がある。

X(Twitter):@fudge_2002

本書はwebマガジン「mi-mollet」にて二〇二二年七月から二〇二三年四月まで連載した内容をベースに大幅に加筆・修正したものになります。

自分《じぶん》が嫌《きら》いなまま生《い》きていってもいいですか？

二〇二三年九月二七日　第一刷発行

著者　横川《よこがわ》良明《よしあき》
編集　山﨑 恵
発行者　清田則子
発行所　株式会社 講談社
東京都文京区音羽二―一二―二一　郵便番号一一二―八〇〇一
電話　編集　〇三―五三九五―三八一四
販売　〇三―五三九五―三六〇六
業務　〇三―五三九五―三六一五
印刷所　大日本印刷株式会社
製本所　株式会社国宝社

ISBN 978-4-06-533104-0

KODANSHA